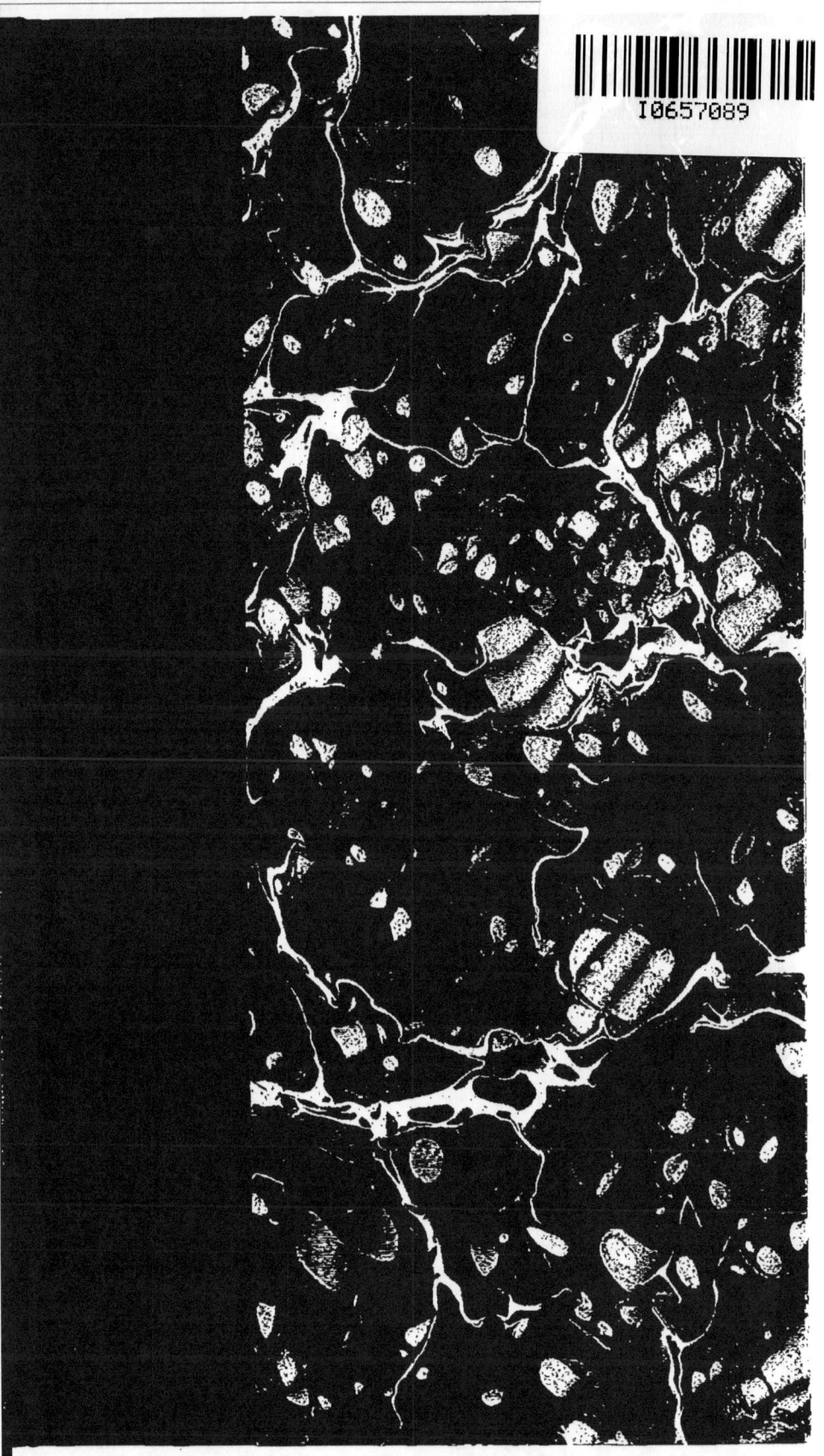

ROBERT 1983

COLLECTION
DE CONTES
ET
NOUVELLES
de Pfeffel;

TRADUITS DE L'ALLEMAND.

TOME SIXIÈME.

À PARIS,

A LA LIBRAIRIE NATIONALE ET ÉTRANGÈRE,
rue Mignon, n° 2, faub. St.-Germain.

1825.

CONTES

ET

NOUVELLES. 146

Cet ouvrage se trouve aussi chez les libraires
ci-après :

Lecointe et Durey, quai des Augustins, n° 49;
Masson, rue Hautefeuille, n° 14;
Béchet aîné, quai des Augustins, n° 57;
Volland, même quai, n° 17;
Delaunay, au Palais-Royal;
Dondey-Dupré, rue de Richelieu, n° 67.

IMPRIMERIE DE J. MAC CARTHY,
rue des Petites-Écuries, n. 47.

COLLECTION

DE

GONTES

ET

NOUVELLES

de Pfeffel.

TRADUITS DE L'ALLEMAND.

TOME VI.

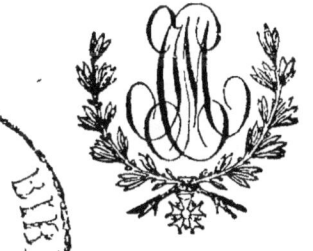

A PARIS,

CHEZ L'ÉDITEUR, A LA LIBRAIRIE NATIONALE
ET ÉTRANGÈRE,
Rue Mignon, n° 2, faub. St.-Germain.

1825.

LA HARPISTE.

ANECDOTE DU 13ᵉ SIÈCLE.

»Tu as raison, mon enfant, dit à
sa fille le chevalier Wolfram en re-
prenant la lettre de son fils, dont
Hélène venait de lui faire la lecture;
il y a quelque chose là-dessous; jusqu'ici il a toujours chargé ton frère
de ses salutations pour nous, quand
il n'envoyait pas une petite lettre in-
cluse pour toi; cette fois Renaud ne
dit pas seulement deux mots sur son
compte.» Hélène soupira en essuyant
une larme de ses yeux noirs. «Peut-
être est-il malade, et Renaud veut

6.   I

nous le cacher. — C'est possible, mon enfant; cependant... — Que vouliez-vous dire, mon bon père? — Rien, mon Hélène. — Parlez, je vous en supplie, votre réticence me met à la torture. — Eh bien, je voulais dire, qu'il aurait toujours pu nous faire ses complimens, ou que ton frère aurait pu, de son propre mouvement, nous saluer de sa part; ne seraient-ils point brouillés ensemble? — Dieu nous en préserve, dit Hélène; si cela était, Albert ou mon frère serait coupable. Ce n'est qu'un attentat contre l'honneur et la vertu qui pourrait rompre un lien formé par l'honneur et la vertu. Il ne faut pas, chère enfant, commencer par mettre les choses au pis; une bagatelle, une simple apparence peut souvent désunir deux êtres jeunes et ardens; l'on se boude pen-

dant une couple de semaines, puis
on est honteux et l'on se donne la
main. C'est ainsi qu'il m'arriva, il y a
trente ans, avec le père d'Albert;
nous étions deux frères d'armes comme il n'en n'existe plus ; un coup au
jeu d'échecs nous mit en fureur,
et nous serions allés nous couper la
gorge si ta défunte mère (c'était peu
de temps après mon mariage) ne
s'était interposée, et ne nous eût
prouvé, clair comme le jour, que
nous étions deux imbécilles. — Il
faut que je sache la vérité, reprit
Hélène; j'écrirai à mon frère, et le
conjurerai de ne me rien cacher. Le
moine qui vous a apporté la lettre retourne à Rome ; il a dit qu'il revien-
drait nous voir dans huit jours.»
La lettre d'Hélène fut prête dès le
lendemain; elle comptait les heures
jusqu'à l'arrivée au château de Lands-

kron (1) du messager religieux qui
était chargé d'une mission du St.-
Père pour l'évêque de Strasbourg.
Elle entra en conversation avec lui :
« Vous connaissez donc mon frère,
révérend père ? — Très-bien, noble
demoiselle ; je fis sa connaissance
chez mon compatriote, le chevalier
Albert de Lutzelbourg, avec lequel
il habitait la même auberge. Chez le
chevalier Albert ? interrompit Hélène, le front couvert d'une rougeur
brûlante ; le chevalier Albert est-il
aussi encore à Rome ? — Lorsque je
partis, il était à Naples. — Et mon
frère ne l'y a-t-il pas accompagné ?
—Le chevalier Albert a fait ce voyage avec la comtesse de Papoli. —
Qu'est-ce que c'est que cette com-

(1) Dans le Sundgau, qui fait partie de
l'Alsace.

tesse? demanda Hélène d'une voix éteinte. — Une jeune veuve riche et belle..... mais qu'avez-vous, noble demoiselle ? vous pâlissez. — Pardonnez, bon père, il faut que je vous quitte; j'ai été incommodée toute cette matinée; portez-vous bien, et saluez mon frère de ma part. »

Hélène gagna sa chambre en chancelant; un frisson mortel parcourait tous ses membres. «Albert! Albert! s'écria-t-elle en sanglotant, serait-il possible! Dieu tout-puissant, permets que mes pressentimens me trompent!» Elle était couchée sur son lit, muette et immobile, le visage caché dans son mouchoir qu'elle inondait de larmes brûlantes. Elle ne parut devant son père que lorsque sa suivante fut l'appeler pour le dîner.

Wolfram était loyal comme son

épée; il avait, dans son temps, rom-
pu bien des lances en l'honneur des
dames, et avait sincèrement et fidè-
lement aimé son excellente femme;
mais il n'avait cheminé que sur la
grande route de l'amour, et il ne
connaissait rien aux sentimens qui
ennoblissaient cette passion dans le
sein de sa fille, et la transformaient
en vertu. L'infortunée voyait Albert
aux côtés d'une veuve jeune et belle,
et il lui paraissait déjà à moitié perdu pour elle. Ce n'était pas cependant le sentiment déchirant de la
jalousie qu'elle éprouvait; c'était le
deuil sacré de l'innocence trahie.
Elle se consumait dans sa douleur
muette si quelquefois son cœur oppressé sentait le besoin de se soula-
ger, elle se retirait pour gémir dans
un endroit solitaire. Le lieu qu'elle
recherchait de préférence était la

charmille où, deux ans plus tôt, le
jour où, pour la seizième fois, l'on
célébrait sa naissance, Albert lui
avait juré un éternel amour. C'est là
qu'elle relisait ses lettres, qu'elle les
arrosait de ses larmes, et que, dans
ses rêveries, elle se reportait à l'é-
poque de ces jours de roses où elle
oubliait, à côté de l'ingrat, le monde
entier, et se promenait avec lui dans
le paradis de l'avenir. Enfin arriva
une réponse de son frère. Il l'eût volontiers adressée à son père, mais
celui-ci avait de commun avec beaucoup de ses nobles contemporains
de ne pas savoir lire; et ce ne fut
qu'avec une extrême répugnance,
fondée sur de bonnes raisons, qu'il
avait permis au chapelain du château
d'enseigner cette science à ses enfans. « Albert, écrivait Renaud, n'est
plus digne de ton amour; une perfide

enchanteresse l'a attiré dans ses filets. J'ai voulu le mettre en garde contre les ruses de cette séductrice; mais, lassé sans doute de mes avertissemens reitérés, il a déserté notre commun logement, et a fini par quitter Rome avec elle. Depuis lors je n'ai plus entendu parler de lui, et ne veux plus rien savoir sur le compte d'un parjure qui a pu sacrifier ma vertueuse sœur à une sirène italienne.»

Quoique la craintive Hélène se fût déjà persuadé que tout était perdu pour elle, cette nouvelle l'anéantit; et les consolations bienveillantes, quoiqu'un peu rudes, de son père ne faisaient que glisser sur son cœur. Elle succomba enfin sous le poids qui l'oppressait; une fièvre brûlante la jeta sur le lit de douleur, et le médecin était encore indécis sur le nom latin qu'il devait donner à son

mal, lorsque la petite vérole, encore
très-rare à cette époque, se manifes-
ta chez elle. Alors l'Esculape apporta en même temps une demi-dou-
zaine de fioles remplies de drogues,
afin de combattre cet ennemi étranger. Hélène refusa obstinément de
faire usage de ses tisanes et de ses
mixtions; elle voulait mourir, et
c'est probablement pour cette raison
qu'elle resta en vie. La nature rem-
plit auprès d'elle l'office de médecin,
et remporta la victoire après un combat long et douteux.

Hélène guérit, et sa physionomie
fut, à la vérité, considérablement
changée, mais sa beauté ne fut pas
entièrement perdue. C'était, pour
ainsi dire, la seconde copie d'un bel
idéal, fait par la main d'un autre
peintre. Il est vrai qu'elle ne voulut
plus se reconnaître, quoique cet acci-

dent ne lui causât que peu de soucis depuis qu'Albert était perdu pour elle. Ne voulant plaire qu'à lui seul, elle se crut encore assez belle pour le couvent, où, dès le premier moment de sa convalescence, elle avait formé la résolution de se jeter. Elle était cependant trop bonne fille pour songer à exécuter son projet du vivant de son père, et le sort ne la délivra que trop tôt de l'obstacle que lui opposait sa piété filiale; son père mourut l'hiver suivant, peu de semaines après le retour de son fils, qui devint alors, à l'âge de vingt-quatre ans, l'héritier d'une seigneurie considérable.

Renaud était un excellent jeune homme, doué d'un esprit ferme et solide, et qui, ne se pardonnant à lui-même aucune faute, jugeait son frère d'armes avec une sévérité

inflexible. Pour ne pas se voir forcé
de tirer vengeance de l'outrage fait
à sa sœur, il avait évité la ville de
Naples, et avait quitté l'Italie sans
s'informer davantage d'Albert. Hélène n'était pas contente de cette indifférence; elle n'avait pas encore
oublié l'aimable parjure; mais ce
souvenir ressemblait à celui qu'on a
d'un cher défunt, et ne pouvait nul-
lement la détourner de la résolution
qu'elle avait prise. Elle en fit part à
son frère; il la combattit de toutes
ses forces, et ne put enfin obtenir d'elle
que la promesse de choisir, au lieu
d'un couvent ordinaire de nonnes, le
prieuré noble d'Andelo,(1) dont l'abbesse Bertrade était la sœur de leur père. Les vœux qu'on exigeait dans cette

_____

(1) Qu'on nomma plus tard Andlau, en
Alsace.

maison n'étaient pas irrévocables, ainsi que cela eut lieu dans les siècles suivans; et c'est justement pour cette raison que Renaud avait proposé ce couvent à sa sœur. Il espérait toujours qu'elle finirait par oublier son indigne amant en ouvrant son cœur à un second amour. Hélène devina le dessein de son frère, et comme il ne dépendait que d'elle de l'empêcher de réussir, elle jugea inutile de combattre sa proposition.

Renaud monta à cheval et se rendit à Andelo; il instruisit Bertrade de l'intention de sa sœur, et lui fit connaître la situation de son cœur. Il n'eut besoin que de peu de paroles pour la déterminer à recevoir l'aimable affligée parmi son saint troupeau.

Hélène entra dans son nouvel asile avec les sensations qu'elle au-

rait éprouvées en posant ses pieds
sur la terre après avoir essuyé une
tempête ; et dans fort peu de temps
elle fut la favorite de l'abbesse, et,
ce qui dans un couvent est bien plus
rare encore, elle fut aimée de toutes
ses compagnes. La sœur Cécile surtout, qui était de quelques années
plus âgée qu'elle, et qui excellait
sur la harpe, lui était attachée de
toutes les facultés de son âme. La
douce mélancolie d'Hélène l'avait
touchée; son cœur, qui portait une
blessure semblable, et qui était à
peine cicatrisée, devina son secret
et vola au-devant d'elle. Par mille
complaisances délicates elle s'en fit
aimer à son tour, et la noblesse de
son caractère lui gagna bientôt sa
confiance illimitée. L'agrément de
son jeu charmait souvent la mélancolie d'Hélène, et lorsqu'elle lui of-

frit d'être son institutrice, elle accepta sa proposition avec le plus grand empressement.

La musique doit être un ange consolateur pour une âme dont les sentimens ne sont que de l'harmonie. C'est ainsi qu'elle apparut à Hélène, et, guidée par sa bonne maîtresse, elle fit, en moins d'une année, des progrès si brillans, que l'on pouvait à peine distinguer le jeu des deux amies.

Hélène avait une voix agréable ; elle s'exerça à la marier à son instrument, et elle charmait souvent Cécile elle-même lorsqu'elle doublait l'éloquence de ses cordes par ses accens mélodieux. C'est ainsi qu'elle abrégeait les heures qui n'étaient point consacrées aux exercices religieux. Les fleurs du printemps reparurent sur ses joues, et la tranquille sérénité vint siéger sur son front; c'était le repos de l'être consolé qui porte encore les traces des souffrances qu'il a éprouvées. Albert n'était pas oublié; un cœur comme celui d'Hélène ne peut oublier celui qu'il avait aimé une fois, et pour la première fois. Ce cœur, il est vrai, ne saignait plus lorsque l'image du parjure se présentait à lui; mais il battait plus vite, et il lui échappait souvent un soupir dont il craignait de pénétrer la cause.

A cette époque l'abbesse reçut un messager de son neveu Renaud, qui lui mandait des nouvelles fort singulières. Albert, pleuré comme mort, même par son père, s'était présenté inopinément au château de Landskron.

« Il se jeta à mon cou, disait-il dans sa lettre, et m'inonda de lar-

mes brûlantes et amères d'amitié et
de repentir. Après un funeste égarement, qui cependant n'avait duré
que quelques semaines, le voile tomba de ses yeux, et il déchira le filet
dans lequel l'astucieuse Italienne
l'avait enlacé. Pour éviter sa vengeance, il se sauva en secret sur un
vaisseau vénitien, qui fut pris, après
un combat sanglant, par un corsaire
africain. Albert fut grièvement bles-
sé ; il n'avait à s'attendre qu'à la mort
ou à un esclavage honteux, et il avait
déjà commencé à abréger ses tour-
mens, en se soumettant à une faim
volontaire, lorsqu'un vaisseau rho-
dien fit abandonner sa prise au corsaire africain. Albert, ainsi que ses
compagnons, furent conduits à Rho-
des, où il fut soigné au lazaret de
l'Ordre. Sa guérison fut longue, et
ce ne fut qu'après sept mois qu'il put

s'embarquer de nouveau. Muni de tout ce qui lui était nécessaire par ces chevaliers hospitaliers, il parvint enfin à gagner Venise après avoir essuyé une tempête qui avait prolongé sa navigation. Il trouva là un marchand allemand, avec lequel il continua sa route à cheval. Aux environs de Trente, ils furent attaqués par des bandits qui les dépouillèrent entièrement. Le marchand resta à Trente, et Albert, inconnu et dénué de tout, chemina lentement par le Tyrol vers sa patrie. Il aurait pu chercher l'hospitalité dans bien des castels, et y demander des secours, mais il n'en voulut rien faire. Il considérait son pénible pélerinage comme l'expiation de ses erreurs, et certainement il les a rudement expiées. Il veut maintenant, dit Renaud en finissant, implorer de celle qu'il a

6. 2

tant aimée, sinon le retour de son amour, au moins son pardon. Ne connaissant pas les intentions de ma sœur, je m'en rapporte à vous, vénérable mère, pour les pénétrer, et vous prie de me dicter ma conduite. J'ai caché avec soin à Albert la retraite d'Hélène, et il veut attendre chez moi la décision de son sort. »

Sans en instruire son ami, Renaud écrivit également à son père, au vieux chevalier Oswald, pour le prévenir du retour de son fils. Il recommanda sa lettre à l'abbesse, en la suppliant de l'envoyer au château de Lutzelbourg par un messager fidèle.

Bertrade fut enchantée de ce message; elle avait lu plus d'une fois dans le cœur de sa nièce, et crut ne pouvoir mieux faire que de lui communiquer, sans aucun détour, la lettre de son frère. Tiens, lis, dit-elle, et dis-moi ce que je dois répondre. Hélène lut, et à chaque page l'on voyait alternativement paraître sur sa figure une rougeur ardente et une pâleur mortelle. Ses yeux se remplissaient de larmes, tandis que le plus aimable sourire voltigeait sur ses lèvres. Bertrade l'observa dans le silence, et lorsqu'elle lui eut rendu la lettre d'une main tremblante, elle lui dit : « Eh bien, ta réponse ? » — Hélène se jeta dans ses bras : Que me conseillez-vous, mon excellente mère ? — Interroge ton cœur et ta raison, ma chère enfant, et s'ils se trouvent en contradiction ensemble, commence, avant tout, par chercher à les mettre d'accord. Je te donne jusqu'à demain pour réfléchir, car le messager passera ici la nuit. »

Hélène baisa la main de la vénérable abbesse, et alla s'enfermer dans sa cellule; elle veilla toute la nuit; elle la passa à prier, à pleurer, et à se combattre elle-même, non parce qu'elle était irrésolue, mais parce qu'elle craignait que sa raison ne se révoltât contre la décision de son cœur.

Enfin, il lui vint une idée que son imagination exaltée lui suggéra, et à laquelle elle s'arrêta comme à une découverte précieuse. Elle alla trouver Cécile aussitôt après matines, pour lui rendre compte du message qui venait d'arriver, et lui communiquer son projet, pour l'exécution duquel elle avait besoin de son aide. Cécile, dont le cœur avait déjà ressenti les peines et les joies de l'amour, serra son amie sur son sein, et trouva son dessein admirable. Les visions romanesques sont l'élément

de l'amour en deuil. L'amant de Cécile avait péri dans la Terre-Sainte ;
elle se mit à la place d'Hélène ; comment lui eût - il été possible de penser autrement qu'elle !

Fortifiée de l'approbation de son
amie, l'aimable enthousiaste accou-
rut chez Bertrade. « Il m'est impossible, bonne mère, de me déterminer avant de m'être assurée par
moi-même des sentimens d'Albert ;
et c'est à son insu que je veux acquérir cette conviction. Mon frère
vous a envoyé une lettre pour son
père ; permettez que, déguisée en
harpiste étrangère, je la porte moi-
même de votre part au château de
Lutzelbourg, où Albert ne doit pas
tarder à se rendre. Un mot de re-
commandation de vous m'assurera
une bonne réception de la part du
chevalier Oswald, qui me permettra

bien de m'y arrêter quelques jours en faveur de la bonne nouvelle que je lui apporte. » Bertrade sourit et secoua la tête. « Vous croyez peut-être que l'on me reconnaîtra ? continua Hélène. Depuis huit ans que le chevalier Oswald est venu avec ses enfans visiter mes parens, ni lui ni sa fille ne m'ont revue. Albert même ne me reconnaîtra pas ; la petite vérole a changé mes traits, et depuis son absence j'ai beaucoup grandi. En outre, il ignore que je joue de la harpe ; cette circonstance et mon travestissement suffiraient seuls pour me rendre méconnaissable à ses yeux. »

Bertrade aurait eu beaucoup d'objections à faire contre ce plan, mais elle désirait satisfaire l'aimable enfant ; elle résolut cependant d'en instruire son frère, afin de l'engager à accompagner Albert à Lutzelbourg, et de hâter son départ autant que possible. Elle expédia le lendemain matin son messager avec sa réponse, et s'en rapporta à son neveu sur les moyens de favoriser le projet d'Hélène. Renaud n'eut pas de peine à déterminer son ami : « Frère, lui dit-il, ma sœur demande du temps pour se décider; en attendant je t'accompagnerai chez ton père, qui pleure depuis si long-temps ta perte ; après cela je te promets de te conduire moi-même auprès d'Hélène, et, s'il en est besoin, d'intercéder pour toi auprès d'elle. »

Albert consentit avec joie à cette proposition, et pressa lui-même leur départ. En attendant, Hélène était vivement occupée des préparatifs nécessaires à son pélerinage; elle se procura un habit de pélerine gris, et un voile de béguine qui rendit son visage méconnaissable même aux yeux de l'abbesse ; et Cécile, à laquelle , dès sa naissance, la muse du troubadour avait souri, s'était chargée de lui composer quelques couplets analogues au rôle qu'elle devait jouer. Trois jours furent employés à ces apprêts , et dans la matinée du quatrième elle se mit en route. Bertrade lui donna un serviteur fidèle qui devait porter sa harpe, et l'accompagner jusques dans la forêt qui entourait l'éminence sur laquelle était bâti le château. C'est là qu'il la quitta ; et Hélène, sur les ailes de l'Amour , gravit le sommet avec la légèreté d'un daim. La porte s'ouvrit pour elle ; elle demanda à parler au chevalier Oswald, pour lui remettre un message de l'abbesse d'Andelo. Le bon chevalier était

cruellement tourmenté de la goutte,
et c'est sa fille Odile qui la conduisit
devant son lit. Elle lui remit la lettre
de sa tante, qui était conçue en ces
termes :

« Mon salut avant tout.

» Noble chevalier !

» Le porteur de la présente est une
honnête demoiselle et une savante
harpiste ; elle s'est arrêtée pendant
quelque temps dans notre sainte
maison , où elle s'est fait générale-
ment aimer. Comme elle veut poursuivre sa route vers Strasbourg , je
l'ai chargée de la lettre ci-incluse ,
qui lui vaudra, j'en suis sûre, un bon
accueil de votre part.

» Portez-vous bien ,

» BERTRADE, abbesse d'Andelo. »

6.   3

A peine Odile eut-elle lu ces lignes à son père, qu'elle rompit avec impatience l'autre lettre qui annonçait au chevalier la conservation et le retour de son fils. Des cris de joie et des larmes d'attendrissement accompagnèrent la lecture de la lettre de Renaud. Oswald leva en sanglotant ses mains au ciel. Odile se jeta au cou d'Hélène, et la nomma bien dix fois un ange de consolation et de joie. Oswald lui tendit sa main droite : « Soyez la bien bien-venue, chère demoiselle, votre message me donne une nouvelle vie ; restez chez moi aussi long-temps qu'il vous sera agréable ; depuis bien des années l'arrivée d'aucun hôte ne m'a fait autant de plaisir. » Odile lui servit à manger et à boire, lui assigna une chambre à côté de la sienne, puis retourna promptement auprès de son père. On

relut la lettre de Renaud pour la seconde et la troisième fois, et l'on en
fit part au châtelain et à tous les gens
de la maison. Tout le monde parta-
gea la joie du père et de la sœur, car
le père était humain, et partout on
ne nommait la sœur que la bonne
noble demoiselle. Le souvenir d'Albert était également cher aux habi-
tans du château, et tout le monde
attendait son retour avec une vive
impatience.

Renaud avait laissé ignorer à son
ami qu'il avait écrit à son père. Albert voulait, avant tout, se réconci-
lier avec Hélène, et aller ensuite surprendre son père et sa sœur. Il lui
importait donc beaucoup de leur cacher jusque-là son retour. Mais
Renaud, instruit de la faible santé
d'Oswald, tenait à devoir de trahir
son secret. Il est vrai, d'ailleurs, que

cette délicatesse scrupuleuse avait encore un autre motif. Depuis qu'il avait retrouvé son ami, il s'était réveillé dans son âme une idée qui, probablement, eût été étouffée dans sa première origine, sans cette réconciliation. Lorsqu'il alla trouver son frère d'armes au château paternel, pour entreprendre avec lui sa tournée en Allemagne et en Italie, il vit Odile, dont les charmes naissans le transportèrent. Elle était alors dans sa treizième année. Les sentimens de Renaud ne pouvaient donc encore être que des espérances pour l'avenir. Il les renferma dans son cœur, et du moment qu'Albert eut trahi sa sœur, il les bannit entièrement, puisque entre lui et le traître il ne devait jamais exister d'alliance. Aujourd'hui que les circonstances étaient changées, Renaud saisit avidement une circonstance pour se faire un mérite auprès d'Odile et de son père. Par le même motif, il s'était proposé pour médiateur entre son ami et sa sœur, afin que, dans un cas semblable, il pût exiger le même service. On pardonnera à un jeune chevalier du treizième siècle cet égoïsme qui, de nos jours, pourrait bien encore surprendre la saine raison de maint jeune homme, fût-il noble ou roturier.

Hélène avait à peine passé une journée à Lutzelbourg, que déjà elle avait acquis les bonnes grâces d'Odile et de son père, autant par l'agrément de sa conversation que par les accords de sa harpe. Le lendemain matin le cor du garde de la tour annonça l'arrivée de quelques cavaliers. « C'est lui! c'est lui! s'écria Odile en courant au-devant d'eux jusqu'à la première enceinte des cours du château, tandis qu'Hélène, le cœur violemment agité, gagnait en chancelant sa chambre. De là elle aperçut par la croisée cet Albert, autrefois si brillant de santé, maintenant pâle et affaissé comme la fleur après l'orage. Il se précipita dans les bras de sa sœur ; elle vit couler ses larmes ; elle entendit sa voix, c'était la voix de la douleur, à laquelle les accens de la joie étaient devenus étrangers. Mais quelle fut sa surprise lorsqu'elle vit son frère saluer Odile avec une contenance noble et assurée ! Me voilà trahie, pensa-t-elle; et ce n'est qu'alors qu'elle commença à rougir de sa démarche inconsidérée. Elle ne trouva d'autre ressource que de se découvrir à son frère, et d'en faire son confident. La difficulté était de se ménager un

entretien secret avec lui. Après avoir
réfléchi long-temps, elle détacha un
feuillet de parchemin de ses tablet-
tes, et y écrivit les mots suivans :

« Je suis ici pour observer Albert,
sans être connue de personne; ne me
trahis point, mon bon frère, si le
bonheur de ta sœur t'est cher. »

Elle roula la petite feuille et la
scella avec un peu de cire qu'elle
détacha d'une bougie. Pendant que
le père et la sœur se livraient à tout
l'excès de leur joie, et que le fils ra-
contait ses aventures, Hélène avait
eu tout le temps de se remettre et
d'arranger son plan d'après ces nouvelles circonstances. L'apparition de
son frère ne l'inquiétait plus ; au
contraire, elle s'en réjouissait en
pensant qu'il pourrait au besoin lui
tendre une main secourable, pour
la guider hors du labyrinthe dans

lequel elle s'était engagée. Aussi quand Odile vint dans sa chambre pour l'inviter à se réunir à la société, elle la suivit d'un pas assuré. La jeune châtelaine la présenta à son frère en lui disant : « Voici l'aimable pélerine que la vénérable mère d'Andelo nous a envoyée pour nous porter la joyeuse nouvelle de ton retour. » Hélène s'inclina en silence, et Albert lui souhaita amicalement la bien-venue. « Vous venez d'Andelo? dit-il en menaçant du doigt Renaud; tu as donc divulgué mon retour à ta tante ? » Cet instant parut propre à Hélène; elle prit la parole, et dit d'une voix timide : « C'est sûrement là le chevalier Renaud, auquel j'ai à remettre cet écrit. » En même temps elle lui remit le petit rouleau. Renaud qui, pour ne pas l'effrayer, avait jusque-là paru faire peu d'at-

tention à elle, le reçut, et après l'avoir lu, il lui dit d'un air amical :
« Cela suffit, je me conformerai à son contenu. »

Hélène n'avait parlé qu'à voix basse, et cependant le son de ses paroles avait fait une vive sensation sur Albert ; cette voix ne lui était pas inconnue, mais il crut rêver en l'écoutant. Il regarda Hélène ; ses yeux si ouverts, si remplis d'âme, éveillèrent en lui un sombre pressentiment qui s'évanouit cependant en considérant son visage que le voile de béguine servait à rendre encore plus méconnaissable. C'était pour lui un portrait étranger, dans lequel il s'efforçait vainement de reconnaître un original connu. La situation d'Hélène était pénible ; elle avait employé tous les secours de l'esprit et de la toilette pour rester inconnue, et cependant elle était blessée de ce qu'Albert ne l'eût pas reconnue. La touchante mélancolie qui se faisait remarquer dans chacun des traits de son amant, ses regards abattus, lui avaient déjà mérité son pardon ; et maintenant qu'elle ne doutait plus de son repentir, elle commençait à craindre que le changement qui s'était opéré en elle ne lui fît perdre son amour.

Renaud, qui avait remarqué son embarras, sans cependant en avoir démêlé la véritable cause, voulut lui aider à se remettre, et ne crut pouvoir employer de meilleur moyen que de la ramener au rôle qu'elle avait choisi : « Vous comptez vous rendre à Strasbourg, honorable demoiselle ? lui dit-il ; vous y avez probablement des amis ? — J'espère en trouver là qui me procureront l'entrée dans un couvent, répondit-elle avec un ton qui décelait la triste situation de son cœur. — Vous l'obtiendrez certainement, reprit Odile ; votre talent suffirait seul pour vous la procurer. — Cela est vrai, s'écria de son lit le vieux père Oswal ; je n'ai de ma vie entendu pincer ainsi de la harpe. »

L'idée de la harpiste rendit de nouveau Hélène encore plus étrangère à l'attentif Albert. La sombre vision s'évanouit tout-à-fait dans son imagination, sans cependant diminuer dans son âme la puissante impression que l'intéressante étrangère y avait faite. Il la pria de lui donner un échantillon de son talent, et toute la société appuya son invitation. Hélène, qui trouvait un motif pour s'éloigner, et le temps pour reprendre de nouvelles forces, ne se fit pas prier, et courut dans sa chambre pour chercher sa harpe. « En vérité, c'est une aimable créature, dit Odile après qu'elle se fut éloignée; je voudrais pouvoir la déterminer à s'arrêter chez nous pour m'instruire dans son art. — Je me tromperais fort, répondit Renaud, si elle, ou qui que ce fût dans le monde, pouvait vous refuser une demande. — Odile rougit et baissa les yeux. Nous verrons, dit-elle, si vous ne vous trompez pas. »

Hélène revint; elle joua quelques pièces de chœur avec une noble simplicité. Les bruyans applaudissemens de la société lui donnèrent un nouveau courage; ses tons se perdirent enfin dans les doux accens du chant d'amour, et elle chanta les paroles suivantes :

Un cerisier au frais ombrage
Vit mûrir deux fruits de même âge,
Jumeaux nés du même rameau,
Offrant, dans leur rare assemblage
Un seul fruit, de tous le plus beau.

M'enlaçant d'une douce étreinte,
Vois notre image, dit Aminte;
Nos deux cœurs, tels que ces deux fruits,
Du temps sans redouter l'atteinte,
Par l'amour vivront réunis.

Trois jours passés, sur la bruyère,
Par une grêle meurtrière, .
Nous vîmes les fruits abattus;
Mais leurs restes, mis en poussière
Gisaient ensemble confondus.

De rose qu'un même calice,
Restes chéris, vous réunisse,
Avons-nous dit; et toi, Destin,
Accorde, à nos désirs propice,
Et même vie et même fin.

Pendant tout le temps qu'elle avait
chanté, Albert avait été saisi d'un

trouble et d'une émotion inconcevables ; des larmes lui vinrent aux yeux, et lorsqu'elle eut fini , il poussa un profond soupir. Hélène le comprit ; la harpe pensa lui échapper ; les éloges redoublés des auditeurs ravis la firent revenir à elle, et elle tint compte à Albert de ce que les siens furent les moins bruyans. Il se sentit , en effet, trop douloureusement humilié par le tableau de l'amour éternellement fidèle , pour pouvoir partager l'enthousiasme des autres. Dans ce moment Odile trouva très-naturellement le motif de prier Hélène de lui donner des leçons. Quelque agréable que lui fût cette prière , elle n'y était cependant pas préparée. Les témoins devant lesquels elle lui était faite l'embarrassèrent , et elle se tut pendant quelques instans. Oswald appuya la demande de sa fille. Hélène

voulut répondre ; un regard jeté sur
Albert qui, tel que la statue de la
Pénitence, se tenait dans l'embrâ-
sure d'une fenêtre, lui ferma la
bouche. Renaud, qui lisait dans
son âme, s'approcha d'elle : « Pourquoi délibérer si long-temps, chère
demoiselle, lui dit-il en plaisantant ;
vous avez toujours le temps d'entrer
dans un couvent si vous êtes mécon-
tente du monde ; je crois cependant
que vous apprendrez ici à vous ré-
concilier avec lui. Une rougeur brûlante couvrit alors sa figure ; elle se
tourna vers Odile, et lui dit : « Ce
n'est pas de l'irrésolution, noble demoiselle, qui m'a fait retarder ma
réponse ; c'est un sentiment qu'il me
serait impossible d'exprimer par des
paroles. — Vous restez donc avec
nous ? dit Odile en saisissant amicalement sa main. — Aussi long-temps

qu'il me sera possible, reprit Hélène en portant à ses lèvres cette main caressante. » Alors elle se leva pour reporter sa harpe dans sa chambre, et les yeux égarés d'Albert la suivirent jusqu'à ce qu'elle fût disparue. J'eusse été bien fâchée, dit Odile, qu'elle nous eût quittés; elle est à peine ici depuis deux jours, et je l'aime déjà comme une ancienne amie. Il faut qu'elle soit malheureuse, car on s'aperçoit qu'un chagrin secret ronge son cœur; elle cherche la solitude, et nous ne devons pas la contraindre jusqu'à ce que nous ayons gagné sa confiance. — Je suis persuadé, dit Renaud, que ma tante la connaît mieux, autrement elle ne se serait pas intéressée à elle avec autant de bonté.— Je pense de même, dit Oswald, et c'est par cette raison que je vois avec plaisir qu'elle

consent à séjourner parmi nous.
— Quant à moi, il m'en coûtera
beaucoup pour supporter sa présence, s'écria Albert en s'avançant
comme s'il venait de se réveiller
d'un songe pénible ; chaque son de
sa voix me rappelle une perte qui
fait mon malheur. Je ne vous ai pas
encore tout dit, mon père ; je ne
vous ai pas dit que je m'étais livré
en Italie à une passion extravagante,
qui m'a fait perdre l'amour de mon
Hélène, cet amour si heureux que
vous aviez sanctionné, et dont le
monde ne pourra jamais me rendre
le prix. Ne trouves-tu pas comme
moi, Renaud, que sa voix a beaucoup de ressemblance avec celle de
ta sœur ? — Cela est ainsi ; mais ce
n'est pas la faute de la pauvre fille ;
au reste, je t'ai déjà répété plus de
mille fois qu'Hélène n'est pas en-

6.   4

core perdue pour toi; j'espère toujours qu'elle te pardonnera. — Ce
n'était pas là agir en chevalier, Albert, dit son père d'un ton sévère,
d'avoir parjuré la foi que tu avais
donnée à ta fiancée; et Hélène a
raison si elle t'en punit. Mais elle
doit te pardonner, et tu viens d'entendre que tu peux l'espérer. Son
père et moi, nous avions résolu votre mariage; malheureusement il ne
peut plus intercéder pour toi auprès
d'elle; je me chargerai moi-même
de cet emploi. Ton retour était le
premier souhait de mon cœur; et je
ne saurais être parfaitement heureux si mon second souhait, ton
union avec la fille de mon ami, n'é-
tait pas accompli. »

L'heure du souper était arrivée
pendant cette conversation. Hélène
avait eu le temps de se remettre.

Durant le repas, elle fut silencieuse
sans affectation; et comme elle n'a-
vait pas manqué de s'apercevoir de
la situation douloureuse d'Albert,
elle ne prenait part à la conversation
que lorsqu'on lui adressait la parole.
Albert était un peu plus calme, et il
eut même le courage de la regarder
plusieurs fois. Il comparait alors,
malgré lui, ses yeux étincelans avec
ceux de son amante, dans lesquels
autrefois il avait tant aimé à lire le
présage de son bonheur futur. Quelque soin que prît Hélène pour échapper à ses regards scrutateurs, elle se
laissa cependant surprendre une fois;
elle sentit la flamme qui se répandit
alors sur tout son visage, et si, dans
ce moment, Albert lui eût adressé
la parole, son secret lui échappait.
C'est en vain qu'elle soupirait après
un entretien avec son frère; Albert

voulut qu'il partageât avec lui sa chambre, et Renaud fit des efforts aussi inutiles pour la voir seule.

Hélène dormait peu; sa tête et son cœur étaient trop occupés pour lui permettre le repos. Le lendemain matin le chant des oiseaux l'attira à sa croisée; toute la nature semblait annoncer un jour de fête. Hélène voulut le célébrer aussi, et rafraîchir son sang brûlant par l'air du matin. Tout était encore tranquille dans le château; elle prit sa harpe et se rendit doucement au jardin. Une allée touffue d'ormes la conduisit vers une grotte où l'art n'avait fait qu'aider la nature; les murs en étaient garnis de mousse, dont les différentes nuances formaient une tapisserie naturelle. Hélène se plaça sur un banc de verdure qui se trouvait au fond, et accompagna les ac-

cords de sa harpe d'une de ses hym-
nes du matin que lui avaient ensei-
gnées les pieuses sœurs d'Andelo.
Le son de ses cordes acquit dans la
voûte de la grotte un effet si ren-
forcé, si solennel, qu'elle-même en
ressentit une extase qui donnait à
ses doigts une puissance surnaturel-
le. Elle joua une seconde, puis une
troisième hymne; à la fin elle voulait mettre Albert à la dernière
épreuve. Elle sentait bien qu'elle ne
pourrait plus continuer long - temps
son rôle, et voulut en conséquence
se découvrir à la première occasion
favorable. Elle chanta les paroles
suivantes sur le ton plaintif de Phi-
lomèle, et en touchant à peine ses
cordes :

Ma volière, aujourd'hui déserte,
N'offre que tristes souvenirs ;
Pour jamais les tant doux plaisirs,

Las ! ont franchi sa porte ouverte.
Qu'est devenu ce temps heureux
Où ma colombe, aimable et belle,
Voyait voltiger autour d'elle
Le pigeon le plus amoureux ?

Serment d'éternelle constance
De la belle toucha le cœur;
Et l'amant apprit son bonheur
Par un baiser de l'innocence.
L'Amour, souriant à leurs jeux,
Protégeait leur tendresse extrême;
A la coupe du bonheur même
On les vit s'enivrer tous deux.

Une coquette au blanc plumage,
Un jour parut, et sur ses pas
L'infidèle s'enfuit , hélas !
Et ne quitte plus le bocage.
Sa compagne, soir et matin
Le cherche , et gémit et soupire ,
En proie à son honteux délire;
Sa compagne l'appelle en vain.

Trompé par sa belle coquette,
Voici venir le repentir ,

Mais trop tard. Il entend gémir
L'ombre de celle qu'il regrette,
Il veut fuir, efforts superflus !
L'ombre le suit vite et légère,
Et cette image mensongère
Venge l'amante qui n'est plus.

A peine la dernière parole était-
elle échappée de ses lèvres, qu'Albert, pâle comme un spectre, écar-
tant les touffes de lilas qui garnis-
saient l'entrée de la grotte , s'élança
vers elle en s'écriant d'une voie étouffée : « Qui que tu sois, ange du dernier jugement, dis à celui qui t'a envoyée que je t'ai compris, et que j'ai
vengé par mon sang les larmes de
l'amour offensé. » A ces mots il fuit
comme un insensé; mais Renaud,
qui l'avait suivi en secret lorsque le
son de la musique l'eut attiré au jardin, lui ferma le passage et voulut
l'arrêter. « Laisse-moi , lui dit Al-

bert en faisant des efforts pour se
dégager ; à quoi bon me cacher son
trépas comme à un faible enfant ?—
Tu rêves, pauvre ami ; elle vit, et
ton ange du dernier jugement est un
ange de paix que t'annonce ton pardon. »

A ces mots, il l'entraîna avec lui
dans la grotte où Hélène, à moitié
évanouie de frayeur, faisait de vains
efforts pour quitter le banc de gazon.
« Reconnais ton Hélène, lui dit-il ;
tu trouveras peut-être quelques chan-
gemens dans ses traits, mais son
cœur n'est pas changé. » Alors il
débarrassa le front de sa sœur de la
béguine qui la défigurait, et Albert
tomba muet à ses pieds. Ses regards
restèrent long-temps fixés sur ses
traits, animés par la plus aimable
rougeur, pendant qu'une douce larme s'échappait de ses yeux. Enfin il

dit en balbutiant : « Oui , c'est elle !
Dieu tout-puissant, c'est Hélène !—
c'est *ton* Hélène , dit-elle tout bas en
saisissant sa main , et en lui présen-
tant sa joue virginale. »

A cet endroit le chroniqueur de
Lutzelbourg fait un long tiret , et
continue ainsi dans un nouveau cha-
pitre : Hélène se dégagea lentement
des bras d'Albert comme au réveil
d'une longue extase. « Allons vite
trouver Odile , dit-elle ; Odile, qui
avait accordé son amour à une pélerine étrangère , ne le refusera pas à
l'amante de son frère. » Ils se rendirent tous à la chambre d'Odile :
« Je t'amène ici , lui dit Albert , la
sœur de mon Renaud et la tienne. »
La noble fille serra Hélène contre
son sein avec le plus joyeux étonnement.—Ah! s'écria-t-elle, mon cœur
ne m'avait pas trompée lorsqu'il s'in

6.   5

téressa si promptement à la mysté-
rieuse inconnue, et qu'il lui donna
tout bas le nom qu'il peut aujour-
d'hui lui donner tout haut. » Ces
deux aimables êtres se tinrent long-
temps embrassés, et sans proférer
une seule parole, leurs âmes se ju-
rèrent une amitié éternelle. « Mais
ton père ! dit alors Hélène d'un ton
craintif. — Tu as raison, reprit Albert; chaque instant que je tarde à
lui faire part de mon bonheur est un
vol fait à son cœur. Allons lui demander sa bénédiction. » Odile les arrêta.
« Pas ainsi, dit-elle ; Hélène n'est
plus une pélerine; elle doit se présenter à notre père comme ton amante. Reposez-vous sur moi pour sa
toilette, et allez en attendant le trouver pour lui annoncer sa métamor-
phose. Il ne sera pas inutile de le
préparer à cette nouvelle joie ; vous

ne nous attendrez pas long-temps. »

Le bon vieillard sommeillait encore lorsqu'ils entrèrent dans sa chambre. Ils se retirèrent en silence pour attendre son réveil. Enfin, au bout d'un quart-d'heure Albert perdit patience; il toussa, et Oswald ouvrit les yeux. Les deux amis s'approchèrent de son lit en lui souhaitant le bonjour. Le vieillard regarda son fils en souriant : « Tu me plais ainsi, Albert; aujourd'hui tu as un air frais et joyeux; hier tu étais si abattu, si sombre, que j'avais le cœur serré chaque fois que je te regardais. »

Renaud. Savez-vous, noble chevalier, pourquoi il a l'air si joyeux ? la pélerine qui l'avait rendu si triste est disparue.

Oswald. Disparue ! je m'étais déjà douté qu'elle ne se trouvait pas

bien avec nous ; la pauvre fille avait
sur le cœur un poids accablant, mais
je me porterais garant qu'elle est
honnête et pieuse.

Albert. Moi aussi, mon père, je
le garantirais sur ma vie et mon honneur.

Oswald. Je suis fâché qu'elle nous
ait quittés ; Odile eût trouvé en elle
une fidèle compagne, et toi, mon
fils, tu aurais aussi fini par t'accou-
tumer à la voir.

Albert. Certainement, mon cher
père, et cela est si sûr que je viens
vous demander la permission de cou-
rir après pour la ramener et en faire
ma femme.

Oswald, muet, jeta sur son fils
un regard fixe et étonné, comme s'il
voulait chercher dans ses traits des
symptômes de folie. Enfin il dit : Es-
tu ivre, ou..... ?

Albert. Oh ! oui , mon père , je suis ivre, mais c'est de joie , plus qu'aucun ange ne pourrait l'être.

Renaud. Il n'extravague pas, noble chevalier ; la pélerine n'était autre que ma sœur Hélène ; elle vint ici travestie, afin de pouvoir se convaincre par elle-même de son repentir et du retour de son amour. Il a soutenu l'épreuve , et elle lui a pardonné.

Albert. Oui, mon père, elle m'a pardonné ; il y a peu de momens que le mot de pardon est découlé de ses lèvres, et ces lèvres l'ont scellé du baiser de l'amour.

Oswald. La rusée commère ! lorsque, il y a huit ans, je vis à Landskron cette petite fille pieuse et timide, je ne pouvais m'imaginer qu'un jour elle me prendrait pour dupe. Où est - elle ?

Renaud. Chez sa chère Odile, où elle attend la permission de venir vous demander son pardon. Moi aussi, noble seigneur, j'ai à vous faire mes excuses ; je l'avais reconnue hier dès que je l'eus aperçue ; mais dans la petite lettre qu'elle me remit en votre présence, elle m'avait conjuré de ne point la trahir.

Oswald. Vous n'avez pas besoin de pardon ; un chevalier ne doit refuser à une dame aucun service qui ne blesse pas l'honneur. Vous m'avez préparé une surprise bien agréable.

Pendant que Renaud s'entretenait ainsi avec le vieillard, Albert s'était échappé tout doucement ; il vint les retrouver, tenant par la main Hélène suivie de sa sœur.

Elle se présentait aimable et touchante comme l'innocence dont elle portait les couleurs ; ses longs cheveux, d'un brun foncé, ondoyaient autour de ses épaules; une rose à demi-épanouie brûlait au-dessus de son front, et son visage brûlait comme elle. Elle s'approcha du lit du vieillard délicieusement ému d'étonnement et de joie, et pencha son visage sur sa main qu'elle chercha, mais inutilement, à baiser. « Pardonnez-moi, noble chevalier, dit-elle, pardonnez-moi ma feinte! vous avez vu par vous-même combien elle m'a coûté; mais sans cette démarche je n'aurais jamais pu être heureuse. » Oswald baisa la séduisante pélerine sur le front. « Je veux bien te pardonner, dit-il; mais il faut que tu sois punie. Dès ce moment tu es ma prisonnière; je te remets sous la garde de mon Albert, qui aura à me répondre de toi. — Je le veux bien, s'écria Albert en effaçant, par ses baisers, et à l'envi avec Hélène, les larmes de joie qui coulaient sur les joues du noble vieillard. Alors Odile s'approcha également pour serrer dans ses bras sa nouvelle sœur et son heureux frère.

Renaud avait été spectateur muet de cette scène de délices. Ses regards étaient fixés sur Odile. Oswald l'observait, et retrouva dans le fils l'image vivante de son père. « Bon Dieu! s'écria-t-il, si mon frère Wolfram pouvait être témoin de tout ceci! — S'il pouvait en être témoin, dit Renaud en s'approchant davantage de son lit, il rappellerait à son ami son double vœu, et le prierait de faire encore un heureux. — Je te comprends, Renaud, reprit le vieillard; je n'ai pas oublié mon vœu; pour le remplir, il faut que tu t'entendes avec mon Odile. » Celle-ci était là

comme frappée de la foudre. La
douce terreur que lui occasionait
cette surprise ne lui laissa que le
temps de couvrir de ses mains son
visage enflammé, et de se glisser
dans une pièce voisine.

Mais lorsque, quinze jours après,
Hélène monta à cheval pour présenter son époux à l'abbesse d'Andelo et à son amie Cécile, elle fut
accompagnée d'Odile et de Renaud,
qui voulut en même temps demander
la bénédiction de la vénérable Bertrade pour sa future nièce.

LINA DE SAALEN,

ANECDOTE

Tirée de ses papiers et d'autres documens.

Extrait du journal de Lina.

Manheim, le 14 janvier 1788.

Quelle longue et triste journée
que celle d'aujourd'hui ! le spectacle
même n'a pu m'égayer. Ce n'est que
la troisième fois que j'y ai assisté, et
déjà il m'ennuie. On ne sait trop où
il faut porter les yeux pour découvrir
le théâtre, car ces messieurs et ces
dames qui occupent les loges jouent
aussi bien leurs rôles que les acteurs,

et ne sont pas moins avides qu'eux de se faire remarquer et d'obtenir des applaudissemens.

Demain je dois aller à la Redoute, autre foire à marionnettes. Comment se fait-il donc que moi, qui aime tant la danse, je ne puisse prendre aucun goût aux amusemens si vantés du carnaval? c'est apparemment parce que je vois la salle de spectacle et la salle de danse transformés en places de parade. Combien je préfère ces petits bals de famille où le plaisir conserve tout le caractère de la sociabilité! Oh! je sens que je ne suis pas faite pour vivre dans le grand monde. Ce n'est que maintenant que je connais tout le prix de la solitude, qui me permet de me livrer à mes rêveries ; cependant je rêve aussi dans ce moment; ah! oui, je ne rêve que trop bien !

pauvre fille ! qui sait jusqu'où ton imagination t'égarera encore ?

Lina, tu as promis à ta mère de t'interroger chaque soir toi-même, et de noter tes pensées et tes sensations de la journée avec une fidélité aussi scrupuleuse que si tu le faisais sous ses yeux. Pourquoi donc n'as-tu pas encore osé t'avouer qu'il s'est fait en toi un changement inexplicable, qu'il n'y a plus pour toi de solitude ; qu'un étranger, qu'un inconnu est venu s'emparer de toutes tes pen - sées, et que tu fais de vains efforts pour l'en chasser ? Dans ce moment même j'aperçois son image sur mon papier ; et sans savoir pourquoi, je rougis en la voyant, et j'adresse un soupir étouffé à cette image. Lorsque, par un effort, je l'efface de mon papier, elle reparaît un instant après. Il me semble que mon cœur a augmenté de volume, car il ne trouve plus assez de place dans ma poitrine.

Qu'est-ce donc que cet être qui est partout et qui me suit partout? Que me veux-tu, aimable esprit? On dit qu'on peut faire disparaître les esprits en les interpellant, mais celui-ci demeure, il ne disparaît point. Ah! ma chandelle s'éteint, et mon père n'est pas encore revenu; il est resté en bas dans une société de joueurs. Ce pauvre père! il aime trop le jeu; si seulement il ne fait pas un jour son malheur. Ah! l'ange protecteur qui a jusqu'ici maîtrisé sa passion paraît l'avoir entièrement abandonné.

LE LIEUT.^T DE DORNEK A SON COUSIN,

à Strasbourg.

Manheim, le 15 janvier.

Mille remercîmens de tes bonnes
nouvelles, mon cher cousin. Notre
gascon me rend au moins un aussi
grand service qu'à lui-même en con-
tinuant de vivre. J'eus été extrêmement fâché d'être obligé de quitter
le régiment à cause d'un duel auquel, comme tu le sais mieux que
personne, j'ai été forcé dans toute
l'acception du terme. J'espère que
le petit monsieur profitera de la leçon
et ne se permettra plus à l'avenir
d'aussi plats sarcasmes contre notre
nation. Cependant je ne retournerai
pas à Strasbourg avant que tu ne

m'aies mandé que le patient est totalement guéri. Ne crains pas, au
reste, mon cher cousin, que je
vienne à m'ennuyer ici; depuis huit
jours je ne m'attache que trop à
Manheim. J'ai fait une connaissance qui, si mon cœur ne m'abuse
pas, devra décider du bonheur ou du
malheur de ma vie.

Dans mon auberge se trouve logé
un capitaine du pays de ***, qui, à
ce qu'on m'a dit, est en recrutement
à Heilbronn. Cet homme ne me plaît
qu'à demi, son front annonce une
sombre misantropie; mais sa fille
me plaît d'autant mieux. J'ai déjà
vu des filles qui sont plus belles,
jamais une plus aimable ne s'est of-
ferte à mes yeux. Représente-toi la
céleste innocence sous la figure d'une
Grâce, et tu auras son portrait; et
cet extérieur enchanteur est relevé

par tous les charmes de l'esprit et les qualités du cœur.

Ne crois pas, mon ami, que j'extravague ; toute notre société de table n'a qu'une voix à cet égard. Elle seule ignore combien elle charme tout ce qui l'entoure, et sa modestie ne permettrait à aucun de nous de le lui dire. Cette fille charmante paraît à peine âgée de dix-huit ans ; cependant tout son être annonce une maturité de caractère et une gravité douce qui font supposer qu'elle n'a pas toujours été heureuse. Elle est constamment aux côtés de son père et lui prodigue les attentions les plus tendres, les plus filiales ; mais lui... on dirait qu'il craint de la regarder en face.

Depuis qu'elle est ici il règne un tout autre ton à notre table d'hôte. Les hommes ne parlent plus auss

6.   6

haut et ne se permettent aucune plaisanterie un peu libre ; les dames, heureusement ce n'est qu'une couple de femmes déjà sur le retour, qui ne songent pas à rivaliser avec elle ; les dames, dis-je, cherchent à gagner son affection par des attentions franches et aimables, et à la dédommager de la froideur de son père. Déjà deux fois j'ai eu le bonheur d'être assis à côté d'elle à table, et à chaque petit service que j'étais assez heureux de lui rendre, je vis s'animer la rougeur de son teint de rose ; et cette charmante confusion me fit penser qu'ils ne lui étaient pas désagréables.

Hier, après le repas, son père s'étant approché de la croisée pour lire une gazette, j'eus pour la première fois l'occasion de l'entretenir seule pendant quelques minutes. Je

ne me souviens pas de ce que je disais ; ce n'était pas une déclaration
d'amour; comment en aurais-je eu
le courage ? c'était cependant mon
cœur qui lui parlait. Il paraît qu'elle
comprit son langage ; elle baissa les
yeux et rougit davantage , ce qui la
rendait plus belle encore. Elle se remit bientôt , et s'apercevant seulement alors que son père lisait la
gazette , elle vola vers lui et lui demanda si elle devait la lui lire dans
sa chambre. Non , lui répondit-il
sèchement ; et après avoir jeté la
feuille sur la table , il quitta la salle
à manger. Elle me fit une charmante
petite révérence et le suivit ; mais
j'espère la trouver ce soir à la Redoute.

Son père se nomme M. de Saalen;
il doit être riche, du moins il a déjà
perdu au jeu des sommes considé-

rables. Le malheureux ne paraît pas connaître le trésor qu'il possède en sa fille. Celle-ci me fera encore perdre la tête, et si tu étais ici, mon cher cousin, tu ne pourrais pas, malgré ta philosophie, résister plus que moi à ses charmes. Malheureusement elle doit partir à la fin du carnaval qui finira au commencement du mois prochain. Ces maudits faiseurs d'almanachs! pourquoi doit-il être si court précisément cette année? Heureusement le temps porte conseil.

Adieu, cher cousin; salue tous nos amis de ma part, et écris-moi bientôt; l'adresse convenue reste la même. Je t'embrasse bien fraternellement.

Ton CHARLES.

LE CAPITAINE DE SAALEN A LINA.

Il faut nous séparer, ma fille. Les caractères tremblans qui t'annoncent cette résolution doivent te dire de reste ce qu'elle me coûte. Cette terrible nuit m'a précipité dans le plus profond abîme du malheur. Une heure funeste a englouti non-seulement mes propres fonds, mais encore ceux qui m'avaient été confiés ; je me vois réduit à la plus profonde misère, et livré au désespoir et à la honte. Pour échapper au moins à cette dernière, je vais fuir en Hollande pour me soustraire sous un nom supposé, et dans une autre partie du globe, à la prison perpétuelle qui serait ici mon partage. Ne me maudis pas, ma bonne Lina, laisse-m'en le soin à moi-même.

Les six ducats que je joins à ce

billet sont tout ce dont je puis me passer; ils t'aideront à aller trouver mon père, auquel j'écris encore aujourd'hui. Jette-toi à ses pieds; tes regards désarmeront sa cruauté; il ne sera pas aussi barbare envers la fille qu'il l'a été envers la mère: Son cœur lui dira qu'il a été le premier auteur de mon malheur, et ses soixante-dix ans lui diront qu'il est temps enfin de mettre des bornes à sa vengeance.

Adieu, ma chère enfant; je ne saurais te bénir; mais il existe un protecteur de l'innocence, et celui-ci te bénira. Encore une fois ne me maudis pas, et oublie ton malheureux père.

FRÉDÉRIC DE SAALEN.

Extrait du journal de Lina.

Le 16 janvier.

Quel réveil, Dieu de miséricorde! pauvre malheureux père! oh, non, je ne te maudis pas; comment pouvais-tu le craindre? je prierai pour toi dès que j'en aurai trouvé les forces.

Un abîme s'ouvre sous mes pas; les rivages de la terre s'éloignent de moi; je me trouve seule sur la pointe d'un rocher au milieu de l'abîme, et abandonnée de toute la terre. Et je ne puis pas me précipiter au fond! et le rocher ne s'écroule pas sous moi! la plume m'échappe. Dieu! ô Dieu!

Je dois me jeter aux pieds de mon grand-père; jamais! Que puis-je attendre d'un homme qui peut haïr pendant vigt ans, qui a persécuté ma mère jusqu'au fond du tombeau, parce qu'elle n'avait d'autres aïeux qu'un père mort grand homme, pas d'autre dot que de la vertu et de la beauté, qui a déshérité mon père, parce que cette noblesse et cette dot suffisaient à son cœur, et que, pour être heureux, il ne croyait pas avoir besoin du consentement d'un autre.

Que mon père ait eu tort, je veux le croire; sans cela ma mère en mourant..... ah! ma mère, mon excellente mère! non, non! je ne me présenterai pas dans une maison qui t'avait été fermée; je ne m'humilierai pas devant un homme qui t'a si souvent maudite, et qui te maudirait en ma présence, sans que j'osasse interrompre ses malédictions. Non, non, je gagnerai plutôt ma vie comme servante, que de la mandier d'un homme aussi inhumain.

Non , ô la meilleure des mères! je
n'insulterai jamais ainsi à ta mémoire. Ton ombre sacrée m'accompa-
gnera chez l'étranger ; elle précédera
mes pas à travers les déserts qu'il me
faudra parcourir, et m'indiquera la
cabane qui me cachera à la honte
et.... hélas! à mon propre cœur....
Quelqu'un vient..... il est temps que
je m'éloigne d'ici; le malheur de
mon père et sa fuite sont connus.

Comme je ne m'étais pas montrée
à table , l'aubergiste , excellente
femme, monta chez moi et frappa
doucement à ma porte. Je lui ouvris;
j'essayai vainement de lui cacher
mes larmes; elle en répandit avec
moi. — « Ne voulez-vous rien prendre, noble Demoiselle?» Cette question me frappa comme un coup de
foudre. « Je ne me sens pas d'appé-
tit, ma chère hôtesse. » Tout-à-

6.   7

coup il me vint à l'idée que mon
père pouvait encore lui devoir quelque chose. « Mon père est parti, et
m'a chargée de solder son compte. »
Elle me regarda un moment avec
tristesse, et se tut. « Combien vous
dois-je?—Oh! rien ne presse, chère
demoiselle, soyez sans inquiétude.
— Je partirai probablement aussi
demain, il faut donc que je sache...
je vous en prie, Madame, faites-moi
mon compte. — Il sera bientôt fait.
Monsieur votre père a payé chaque
semaine; il ne m'est dû que pour
trois jours, et nous étions convenus
à quatre florins par jour. » Je payai.
Je vis trembler la main de la bonne
femme lorsqu'elle serra l'argent; la
mienne, cependant, ne tremblait pas
lorsque je le lui comptais. « Il faut
que vous preniez quelque chose, »
dit-elle en sortant.

Quelques minutes après elle revint avec un consommé que je ne
refusai pas. « L'officier français,
M. de Dornek, si je ne me trompe,
a déjà, à plusieurs reprises, demandé
de vos nouvelles, ma chère demoiselle. Il est très-inquiet de votre
santé ; ne voudriez-vous pas le recevoir ? — Impossible, Madame ; je ne
suis réellement pas bien, et il n'y a
que la tranquillité qui puisse soula-
ger le mal de tête qui m'accable. »
Alors il m'échappa un soupir ; pourquoi seulement dans ce moment,
tandis que jusqu'ici j'avais pu facile-
ment les retenir ?

Cette brave femme s'assit à côté
de moi, et saisit ma main. « Quelque chose vous tourmente, vous
tourmente beaucoup, chère noble
Demoiselle ! je sais ce que c'est, et
toute la maison en est instruite. »

Elle voulut baiser ma main; au moment où je la retirai, elle y laissa tomber une larme. Je me jetai àson cou. « Que puis-je faire pour vous, chère enfant? ordonnez, dit-elle en sanglotant. » Il m'était impossible de parler. Elle répéta sa prière avec la chaleur la plus confiante. Il serait possible, pensai-je, qu'elle pût t'aider à réaliser ton projet, et alors je retrouvai la parole. « Vous connaissez mon malheur, excellente femme, et vous lui avez donné des larmes; peut-être pouvez-vous l'alléger. Quand même vous voudriez me garder chez vous, vous sentez vous-même qu'il ne me conviendrait pas de demeurer dans une auberge après le départ de mon père. Ne pourriez-vous pas me procurer un asile dans une maison honnête? J'en préférerais une, sur toute autre, où je pusse gagner par mon travail au moins une partie de mon entretien. Je brode, je fais de la dentelle. J'ai bien encore quelque peu d'argent, mais...» Ici elle m'interrompit. « O chère noble Demoiselle, reprenez donc celui que vous m'avez donné. Dieu m'est témoin que c'est uniquement la crainte de vous offenser qui me l'a fait accepter. » Alors elle tira vivement sa bourse. « N'en parlons plus, si effectivement vous ne voulez pas m'offenser. Vous voyez bien que je vous fournis l'occasion de m'obliger d'une manière bien plus essentielle. »

On vint l'appeler. « Laissez-moi seulement jusqu'à demain, dit-elle en me serrant la main ; j'ai plusieurs amies qui me mettront peut-être à même de vous rendre ce service, chère noble Demoiselle. » — Ne dites plus noble demoiselle, je vous en prie, lui dis-je tout bas. Il vous faudra me recommander aux personnes seulement sous le nom de Caroline Roland. »

Ton nom, la plus chérie des mères, donnera de la dignité à mon âme, me sanctifiera pour les souffrances. Puissé-je aussi, avec lui, acquérir ton héroïsme !

Le 17.

Il fait déjà plein jour ; j'ai donc dormi cinq heures ; que c'est beaucoup, que c'est peu pour le malheureux ! Il n'y a que celui qui a compté mes jours qui sache combien c'est pour moi. Mais je le sais bien aussi ; n'étais-je pas pendant cinq heures dans un bienheureux oubli de mon malheur ? Ce n'est, certes, pas un faible avantage. Ah ! si je pouvais le

partager avec mon pauvre père ! il
n'a certainement pas dormi cinq
heures. Ce jour doit donc décider de
mon sort futur ; mon sort futur ! !

Il est dix heures, et ma bonne
hôtesse n'est pas encore venue. Elle
n'a probablement pas encore trouvé
de refuge pour moi. Grand Dieu !
que deviendrai-je ! suivrai-je le conseil de mon père ? non, non ; toute
autre humiliation me serait moins
insupportable que celle-ci. Et quand
même je pourrais me résoudre à
vider cette coupe amère, à me prosterner dans la poussière aux pieds
de mon grand-père, les moyens me
manqueraient actuellement pour
l'exécuter. Encore trois ducats seulement.... il est vrai, ma montre....
mais c'est celle de ma mère, elle
était suspendue au chevet de son lit
de mort.... ; c'est pour moi une re-

lique; je le jure, jamais elle ne tombera en des mains impures. Dieu tout-puissant, qu'ai-je donc fait pour que tu te caches ainsi de moi? Ne suis-je donc pas une orpheline, et ne veux-tu pas être le père des orphelins?

Oui, tu l'es; pardonne-moi d'avoir pu en douter! Ah! le chagrin avait troublé ma vue, et m'avait empêchée d'apercevoir le bras que tu tendais vers moi!

A onze heures mon hôtesse s'est présentée chez moi accompagnée d'une femme d'un abord honnête et agréable. « Mademoiselle Roland, me dit-elle, je vous amène ici une amie qui veut vous recevoir dans sa maison. C'est madame Muller, marchande de modes. » Une mer de sensations vint agiter mon cœur; j'étais tremblante et ne pouvais parler. Je fus en chancelant au-devant de cette apparition amicale; mes larmes coulèrent; ah! mes regards durent lui dire qu'il s'y mêlait des larmes de joie. « Remettez-vous, Mademoiselle, me dit-elle d'un ton affectueux et compâtissant : j'espère mériter votre confiance. — Et moi, chère enfant, ajouta l'hôtesse, je vous réponds qu'elle la méritera. » Chacune s'empara d'une de mes mains, et elles me firent asseoir au milieu d'elles. « Vous pourrez, dit madame Muller, entrer chez moi dès aujourd'hui. Ma fille partagera sa chambre avec vous; c'est une bonne enfant qui bientôt fera aussi entrer son cœur dans ce partage. »

Je tombai muette dans les bras de cette estimable femme.

« J'ai, parmi mes pratiques, des personnes d'un rang très-distingué, dit-elle, et j'espère que, sous peu, je pourrai vous placer chez une dame noble. En attendant, ce sera dans ma chambre que vous travaillerez à des objets de modes. Votre figure ainsi que votre position me font une loi de ne pas vous exposer dans mon magasin aux regards des curieux.» Je ne pus lui répondre que par un ardent serrement de mains. «Au bout de chaque semaine je vous payerai votre ouvrage à la pièce, et je déduirai du prix celui de votre pension. Je ne vous dis cela que pour satisfaire votre délicatesse. » Cependant son regard plein de sensibilité et de tendresse vraiment maternelle m'en dit bien plus encore. Mon cœur était plein; j'embrassai ma bonne hôtesse qui s'empressa d'essuyer mes larmes. «Ce soir, à la brune, me dit-elle, je vous accompagnerai chez madame Muller, et vous enverrai votre malle par le valet de l'auberge.

Madame Muller est une femme estimable qui doit avoir reçu une éducation distinguée. Nous parlâmes encore de différentes choses qui me confirmèrent dans l'idée avantageuse que je m'étais faite d'elle. C'est avec plaisir que j'ai cru remarquer que mon hôtesse ne lui a pas confié ma condition. Lorsqu'elle fut partie je remerciai encore une fois cette digne femme de ce qu'elle avait fait pour moi, et surtout pour cette dernière attention. » Vous vous trompez, me dit-elle; je n'ai pas de secret pour mon amie; et j'eus manqué à sa confiance si je n'avais pas été sincère avec elle. Mais elle en agira toujours avec vous comme si elle ignorait votre naissance, et vous pourrez vous fier à sa discrétion vis-

à-vis de tout le monde, même vis-
à-vis de sa fille. » Qu'avais-je à répondre à cela?

Il est cinq heures du soir; ma
malle est faite; l'auberge est déserte,
tout le monde est au spectacle; chaque minute me paraît avoir la durée
d'une heure. Ah! j'entends la voix
de mon hôtesse qui parle à quelqu'un
dans la salle à manger. Dieu! c'est
lui, c'est sa voix! il n'est donc pas
allé au spectacle? Pourquoi tremblé-
je? à peine puis-je tenir ma plume.
Fille infortunée, comme ton cœur
bat! que peut-il vouloir? Il s'éloigne, l'hôtesse s'approche de ma
porte.

Le 18.

Elle frappa doucement; je rassem-
blai à la hâte mon papier et lui ouvris. «Etes-vous prête, chère noble

demoiselle? » me dit-elle tout bas en entrant. Je le suis, lui répondis-je, et, avec une confiance filiale, je passai mon bras sous le sien. Nous descendîmes doucement, et ce ne fut qu'après avoir fait quelques pas dans la rue qu'elle me dit : «Je viens de vous sauver une visite. M. de Dornek voulait vous parler. Je lui ai dit que vous étiez incommodée et ne vouliez voir personne. Je n'ai pu m'en défaire qu'avec beaucoup de peine. Vous tremblez, chère enfant? — Il fait froid. — Nous n'avons plus long-temps à marcher. » Nous arrivâmes bientôt chez madame Muller.

Elle et sa fille me reçurent avec une cordialité touchante. Frédérique est une aimable fille, à peu près de mon âge. Sa mère posa nos mains l'une dans l'autre sans proférer une seule parole. Nous aussi, nous gardâ-

mes le silence. Un quart-d'heure
après, ma bienfaisante hôtesse nous
quitta, et à peine madame Muller
m'eut-elle introduite dans la chambre
extrêmement propre de sa fille,
qu'elle m'eut montré mon lit ainsi
que mon armoire, qu'on m'apporta
mes effets de l'auberge. Le reste de
la soirée se passa à faire mes petits
arrangemens, et Frédérique m'aida
avec la plus aimable complaisance.
Elle sembla s'étonner de l'élégance
de ma garde-robe, mais elle n'en fit
rien paraître. A table, la mère et la
fille s'efforcèrent de m'égayer, et
elles y réussirent. Elles m'instruisi-
rent plus particulièrement de leur
manière de vivre et de mes futures
occupations. Quelques-unes de mes
broderies, que Frédérique avait vues
chez moi et qu'elle avait vantées à
sa mère bien au-dessus de leur méri-

te, décidèrent cette dernière à me charger de cette partie. — «On ne travaille pas à la lumière, mais après le souper on fait une heure de lecture.» Je m'offris de partager cette fonction avec Frédérique, je priai en même temps madame Muller de m'accorder la permission de consacrer tous les soirs une demi-heure à mon journal, en lui disant que, dès l'âge de douze ans, j'avais été obligée de promettre à ma mère de ne jamais me dispenser de ce travail, hors les cas d'une nécessité absolue. « Rien ne vous en empêchera ici, me répondit-elle de la manière la plus aimable. Frédérique vous fournira tout ce qu'il vous faudra pour cela.» Celle-ci le fit encore avant de se coucher, mais ce n'est que ce matin que j'ai pu achever l'histoire d'un jour qui commence une carrière toute nou-

velle pour moi. Il n'y a que celui
qui sait tout, qui sache où elle me
conduira. Heureuse si chaque matinée pénible de ma future existence
amène une soirée aussi tranquille
que l'était celle d'hier! Tranquille!
pauvre Lina, ton esprit l'est, mais
ton cœur l'est-il aussi?

———

LE LIEUTENANT DE DORNEK

A SON COUSIN.

Manheim, le 20 janvier.

Moque-toi de moi tant que tu
voudras, mon cher cousin; il est
toujours certain qu'à ma place tu ne
serais pas plus raisonnable que moi,
Une puissance invincible m'entraîne,
et je sens plus que jamais que le lot

de mon sort est tiré. Le nom de Lina de Saalen s'y trouve écrit et tellement enlacé dans le mien, qu'aucune puissance de la terre ne serait
plus capable de les séparer.

Ecoute, cher ami, ce qui s'est passé depuis ma dernière lettre. Je te disais que je voulais me rendre à la Redoute, et j'y fus. Je ne me mis en chemin qu'après avoir vu son carrosse de
remise arrêter devant l'auberge ;
qu'avais-je à y faire plus tôt ?

Accompagné de son père, elle y
parut adorable comme..... insensé
que je suis! à quoi pourrais-je com-
parer ce qui est incomparable ? Ah!
elle ne l'était pas seulement à mes
yeux ; tous les yeux étaient fixés sur
elle, tous les yeux la suivaient lorsqu'elle voguait en dansant, telle
qu'une immortelle sur les ailes du
Zéphir.

6.   8

Quatre fois j'eus le bonheur (quelle pauvre expression! mais aucun langage ne peut m'offrir celle que je cherche); oui, quatre fois j'eus le bonheur de danser avec elle. Elle a dû me trouver bien imbécille, non parce que je ne lui débitais aucune des louanges d'usage, mais parce que ma langue me refusait chaque fois que je voulais lui dire quelque chose de plus sensé. C'était toujours sans proférer une seule parole que je lui offrais la main pour danser, et en gardant le même silence que je la reconduisais à sa place. J'aurais voulu me battre moi-même. Il faut que mes yeux m'aient mieux servi que ma langue, sans cela je doute qu'elle m'eût suivi.

Une seule fois, cependant, je pus être assez éloquent pour lui offrir un rafraîchissement. Pour toute réponse elle prit le verre avec une grâce enchanteresse. En le reposant sur l'assiette elle laissa tomber son évantail; elle se baissa pour le ramasser, j'en fis autant, nos mains se rencontrèrent...... et tout à coup j'eus le courage héroïque de presser, quoique bien doucement, sa charmante petite main.

Un pourpre ardent se répandit aussitôt sur son charmant visage, et c'est en chancelant que j'allai reporter mon assiette à la buvette. J'y trouvai une connaissance qui m'y retint quelques minutes. J'ignore ce qu'on me dit ni ce que je répondis, j'étais sur des charbons ardens. Rentré dans la salle, je trouvai sa place vide; je la cherchai parmi les danseuses, je la cherchai partout, elle était disparue!

Peut-être, pensai-je, qu'elle ne

s'est éloignée que pour quelques instans, et je restai plus d'une demi-heure à guetter son retour, car il était
à peine une heure du matin. Enfin
je vis rentrer son père, mais il était
seul. Il entra dans un salon attenant;
je l'y suivis; il s'assit à une table de
pharaon où il paraît qu'il était atten-
du. Je fus convaincu alors qu'il
s'était débarrassé de sa fille, afin de se
livrer au jeu avec plus de liberté. Je
le maudis lui et ses cartes, et me
rendis chez moi le cœur serré.

J'appris en arrivant que ma sup-
position était fondée. Lina était couchée pendant que son père, avec
une ardeur infatigable, travaillait à
sa ruine et à celle de sa fille ; j'appris
le lendemain qu'il avait perdu tout
son argent, et qu'il avait laissé sa
fille livrée à son désespoir.

Je tentai deux fois, et toujours sans

succès, de voir cette infortunée. Elle
ne voulait voir que l'hôtesse , et la
seconde fois celle - ci me pria avec
tant d'instances de ne point troubler
le repos de cette infortunée , que je
résolus de remettre ma visite au lendemain. J'appris alors avec le plus
grand étonnement qu'elle avait quitté
l'auberge la veille au soir, et ce fut
tout ce que je pus savoir de la dis-
crète hôtesse. Je dissimulai ma mau-
vaise humeur, et fus sous main prendre des informations auprès des gens
de l'auberge. L'on me dit que le valet de la maison avait été chargé du
transport de la malle de la noble demoiselle. Je l'interrogeai; un écu de
six francs délia sa langue, et il me
nomma la maison d'une marchande
de modes qui, à ce qu'il disait, était
chargée d'expédier cette malle plus
loin.

Je courus chez cette marchande,
et demandai à lui parler sans témoins. La brave femme ne pouvait
ou ne voulait point mentir, sans vouloir cependant me dire la vérité. Elle
rougit et garda le silence. Je fis mon
possible pour lui ôter toute espèce de
soupçon. Mon ton, et peut-être aussi
ma figure, m'obtinrent enfin sa confiance. Elle m'avoua que mademoiselle Roland se trouvait chez elle.
« Mademoiselle Roland? » — Oui ,
Monsieur; ce n'est que sous ce nom
qu'elle veut être connue chez moi.
— Soit; mais ne pourrais-je l'entretenir? en votre présence s'entend.
— Il faut auparavant qu'elle y con-
sente. » Elle sortit, et resta absente
un quart-d'heure, je devrais dire un
siècle.

Enfin je l'entendis revenir; chacun
de ses pas résonnait fortement dans

mon cœur. « Suivez-moi, Monsieur.»
Elle me fit monter l'escalier; je l'aurais volontiers précédée si j'avais
connu le chemin. Je la suivis. Ma
démarche était semblable aux bonds
d'un oiseau auquel on vient de couper les ailes. Elle m'ouvrit une très-
jolie chambre, et Caroline s'avança
vers moi dans l'imposante majesté de
de l'innocence souffrante. J'étais
muet. Que me voulez - vous, Monsieur? me dit une voix qui n'avait
rien de terrestre. La marchande m'a-
vança une chaise; Caroline s'assit
également, et j'eus pendant ce moment le temps de me remettre.

« Mademoiselle, je suis instruit de
votre malheur, et viens vous offrir
tous les secours qui sont en mon
pouvoir.» Une rougeur subite rem-
plaça tout-à-coup la pâleur de son
visage. « Je vous remercie, Mon-

sieur, de votre bonté; l'amitié de
madame Muller me met à même de
me passer de tout autre secours. »
Je m'adressai alors à madame Muller : « Je vous conjure, Madame,
de me permettre d'être de moitié
avec vous dans vos soins pour la
noble demoiselle. » Caroline m'interrompit. « Épargnez - moi, Monsieur, une qualification à laquelle
j'ai renoncé à jamais; et si vous n'ê-
tes pas indifférent à mes peines,
vous devez l'être encore bien plus à
ma réputation. J'attends donc de
votre délicatesse que vous m'épar-
gnerez à l'avenir vos visites, et que
vous ne troublerez plus ma solitude.
Les malheureux aiment à pleurer en
secret. » Je vis alors des larmes bril-
ler dans ses beaux yeux. « Je sais,
Mademoiselle, repris-je, que je n'ai
pas de droits à l'honneur d'essuyer vos

larmes; mais vous ne pouvez défendre à mon cœur le désir de mériter
cet honneur. — C'est précisément
parce que je suppose votre cœur estimable, que j'ai consenti à vous
recevoir, pour vous dire de bouche ce qu'autrement j'aurais chargé
ma protectrice de vous dire de ma
part. »

Alors elle se leva; machinalement
j'en fis autant, mais je sentis combien ce moment était décisif pour
moi. « Je m'éloigne, Mademoiselle,
lui dis-je; mais avant de me séparer
de vous, je dois vous confier l'état de
mon cœur : je vous aime, et je n'a-
vais pas besoin, pour vous aimer,
des quinze jours que j'ai eu le bonheur de passer dans le même lieu
que vous. » Elle pâlit et pouvait à
peine se soutenir; si je ne me trompe, son saisissement provenait d'une

6.   9

surprise agréable. Je ne pouvais lire
dans ses yeux qui étaient baissés, mais
de brillantes gouttes de rosée s'é-
chappaient de ses longues paupières.
« J'aurais peut-être gardé le silence
encore long-temps si l'exil auquel
vous me condamnez ne me donnait
le courage, et peut-être le droit, de
parler. Votre cœur, estimable Lina,
doit vous dire si j'ose concevoir quelque espoir; et s'il ne peut s'expliquer
en ce moment, j'ose du moins me
flatter que vous ne me refuserez pas
la permission de venir dans quelques
jours recevoir mon arrêt de votre
bouche. J'ignore si je vous ai fourni
l'occasion de m'accorder votre estime; cependant j'ose croire que vous
ne pouvez me soupçonner de vous
proposer autre chose qu'une union
légitime. » Je me tus, elle aussi; et
mes dernières paroles lui causèrent

une telle émotion, qu'elle fut obligée
de s'asseoir.

« Vous voyez, Monsieur, dit alors
madame Muller, que la surprise dans
laquelle vos paroles ont jeté mademoiselle Roland, ne lui permet pas
de vous répondre aujourd'hui. Je
prends sur moi de vous autoriser en
son nom de renouveler votre visite
d'ici à trois jours. »

Je t'avoue, mon cher cousin, que
cette brave femme me tira d'un aussi
grand embarras que l'était celui de
sa protégée. Ce n'était que la crainte
de ne plus trouver une occasion de
faire ma déclaration, qui m'avait
déterminé à parler; et quoique ma
résolution de donner ma main à Caroline soit inébranlable, j'aurais cependant préféré attendre, pour écarter auparavant les difficultés qui s'op-
posent à l'accomplissement de mes
vœux.

Je me soumis donc volontiers à la décision de madame Muller. Je m'approchai de Caroline pour lui faire mes adieux. Elle se remit un peu de son trouble, et accompagna sa révérence d'un regard sinon tendre, du moins bienveillant, qui paraissait ratifier la capitulation que venait de proposer sa protectrice. Ce n'est que sur l'escalier que je me souvins de n'avoir pas dit un seul mot de ma fortune; cette réticence pouvait bien avoir échappé à Caroline, mais plus difficilement à madame Muller qui m'éclairait pour descendre. Je lui dis donc : « J'ai oublié de parler de l'état de ma fortune à la noble demoiselle. Si vous voulez m'obliger, Madame, veuillez lui dire que j'ai des espérances propres à satisfaire des prétentions moins modérées que les siennes. » Remarque bien, mon

ami, que je dis des espérances, et
non des revenus; ce n'était pas là
mentir.

Me voilà maintenant bien embar-
rassé. Tu connais mon père, et tu
n'ignores pas ses projets; je ne parle
que de lui et non de ma mère qui,
bien qu'elle les adopte entièrement,
préférerait mon bonheur à leur exécution. Il se fait déjà tard; mille
projets roulent dans ma tête, sans
que j'aie encore pu m'arrêter à aucun. Je vais me jeter sur mon lit;
peut-être trouverai-je dans un songe
ce que je cherche inutilement tout
éveillé; car c'est toujours d'elle que
je rêverai.

Le 21.

Voilà qu'il est de nouveau près de
minuit, et je n'en suis pas beaucoup
plus avancé que je ne l'étais hier à la

même heure. Un point sur lequel
je suis cependant tombé d'accord
avec moi-même, c'est de ne quitter
mon incognito que lorsque son cœur
aura répondu au mien. J'ai de puis-
sans motifs pour cela. Aujourd'hui,
à l'issue du dîner, je ne pus m'empêcher de dire, d'un air de triomphe,
à mon hôtesse, que j'avais enfin découvert la retraite de mademoiselle
Roland. Je conviens, mon cousin,
que c'était une puérilité, mais cette
puérilité m'a conduit à une précieuse
découverte. Je demandai à l'hôtesse
ce que c'était que cette madame
Muller; et parmi les renseignemens
les plus avantageux sur cette femme,
elle m'apprit qu'elle devait son existence à la famille Herborn. Tu peux
te figurer combien je devais redou-
bler d'attention à ces mots; je pus à
peine cacher mon saisissement.

Je me repens maintenant de m'être engagé à ne jamais entretenir Caroline qu'en présence de cette femme. Mais lorsqu'une fois le sort de mon amour sera décidé, je trouverai bien, j'espère, l'occasion d'un tête-à-tête. Au reste, quel que soit le côté par lequel j'envisage ma position, je vois que, si elle répond à mon amour, il me serait impossible de lui garantir ma fidélité autrement que par un mariage secret. Aurai-je bien le courage de lui faire cette proposition? Certainement pas de bouche, au moins. Que l'innocence est une divinité imposante! Le premier jeune homme qui s'est jeté aux pieds d'une fille belle et estimable, n'était certainement pas un sot. Je ne saurais, même en idée, m'approcher de cette créature céleste que pénétré du sentiment de l'adoration.

Cependant je ne voudrais pas me prosterner à ses genoux. Nos héros de roman ont profané ce symbole sacré de l'amour respectueux, et il me semble que Lina n'aimerait pas me voir devant elle dans cette posture.

Que serait-ce si, avant de me présenter de nouveau, je lui écrivais pour lui dire avec franchise que je ne dépends pas uniquement de moi, et qu'en conséquence je ne pourrais pas encore lui donner la main en présence du monde entier? Insensé que je suis! sais-je donc déjà si elle acceptera ma main? Ne fondé-je pas ma félicité avec trop de confiance sur son propre malheur? Misérable! c'est à son amour que tu dois être redevable de la victoire, et non à son malheur. Ah! ma tête est bien plus bouleversée qu'elle ne l'était hier.

Adieu, mon ami; il faut que je finisse si ma lettre ne doit pas devenir un véritable document d'extravagance.

———

Extrait du journal de Lina.

Le 20 janvier.

Que je suis heureuse d'être tombée chez de braves gens! Madame Muller et sa fille me traitent avec une tendre et sincère amitié; ce matin le temps était froid et venteux; on résolut de fêter le dimanche à la maison. Je me l'étais proposé d'avance; Frédérique alla chercher les discours de Zollikoffer sur la dignité de l'homme; je me proposai pour lectrice. On s'en rapporta à moi sur le choix. J'ouvris le livre au hasard, et le discours sur le prix de la vertu s'offrit le premier à mes regards. Je lus avec toute la chaleur d'un cœur pénétré. Lorsque j'eus fini, la mère et la fille m'embrassèrent. Elles étaient profondément émues toutes deux, et je ne pus me dissimuler la part que j'avais à leur émotion.

Encouragée par cette marque d'approbation, je leur fis, après le dîner, la lecture de quelques pièces de vers de l'almanach des Muses de Voss, que j'avais emporté pour mon voyage. Je leur lisais le morceau charmant intitulé *la Fille des Champs*, et j'en étais à ce passage :

> Il vint en rougissant
> Sur le pré fleuri,

lorsqu'on vint appeler madame Muller. Elle fut assez long-temps à revenir. « La visite est pour vous,

Mademoiselle, et non pour moi, me dit-elle; la personne ne veut pas se laisser éconduire. C'est un monsieur de Dornek qui veut absolument vous parler. » Pourquoi ai-je tressailli en entendant prononcer ce nom?

Madame Muller, qui aperçut mon trouble, me dit : « Remettez-vous, Mademoiselle; il ne doit avoir à vous entretenir ni de choses désagréables ni d'aucun secret, puisqu'il ma proposé d'assister à son entretien avec vous.

« Oh! oui, Madame; ce n'est qu'à cette condition que je pourrai le recevoir. — Bien, mais remettez-vous avant tout; vous êtes d'une pâleur effrayante et pouvez à peine parler.» Je sentis alors mon sang se précipiter du cœur à mon visage. Peu-à-peu je pus respirer plus librement,

et sur un signe de sa mère, Frédérique s'éloigna.

« Nous ne pouvons cependant pas
le faire attendre plus long-temps »,
dit madame Muller; et elle me
quitta pour m'amener l'intéressant
jeune homme, comme elle se plai-
sait à l'appeler. Dieu, comme je fus
saisie! J'eus, il est vrai, le pressentiment qu'il venait pour m'offrir des
secours, et ma réponse était toute
prête. Mais m'offrir son cœur, sa
main! non, je crois encore rêver
en ce moment. Il faut que je me
calme.

Pourquoi tracerais-je ses paroles?
ne sont-elles pas gravées dans mon
cœur en traits de feu? Je lui tiens
compte de ce que, sans mon malheur, il eût différé à me faire sa déclaration, et de ce qu'il ne me l'a
faite qu'après que je l'eus averti que

je ne pouvais plus le voir. C'est donc dans trois jours! Cette bonne madame Muller m'a rendu un grand service en prenant la parole pour moi. Seulement trois jours! en vérité ce terme est trop court. Pauvre Lina! pour ta raison, oui; mais pour ton cœur? est-ce que celui-ci n'a pas déjà décidé? Ah! ma mère, **ma** digne mère, pourquoi ne puis-je pas te demander tes conseils! Jamais je n'ai autant senti qu'aujourd'hui que je suis orpheline. Combien de fois ne m'a-t-elle pas dit : Aussitôt que ton âme se complaît à la vue d'un jeune homme, et que ton cœur bat plus vite lorsque tu le vois, méfie-toi de toi-même; jette-toi sur le sein de ta mère, ouvre-lui ton cœur. Ce moment est arrivé; et toi.... ah! qui pourrait te remplacer auprès de moi!

Le 21.

Je n'ai pu dormir cette nuit, et cependant elle ne m'a point paru longue. Que la clepsydre du temps est une énigme incompréhensible ! incompréhensible comme l'homme ! Je ne suis cependant plus une énigme pour moi; hier Dornck a levé le rideau qui me cachait mon cœur. Ce nouveau sentiment qui y germait depuis quelques jours, c'est donc de l'amour. Pourquoi ne s'y est-il pas manifesté plus tôt ? pourquoi précisément pour lui ? Je me suis déjà souvent trouvée en société avec beaucoup de jeunes gens; ils me débitaient beaucoup de flatteries, elles ne m'ont jamais touchée; celui-ci ne m'en a jamais dit aucune, et mon cœur vola au-devant du sien. Pau-

vre cœur! n'auras-tu jamais à te repentir de ton abandon?

Il m'aime, oui, il m'aime! je dois
le croire si je dois croire à la dignité
de l'homme, si je dois croire à la
vertu. Son ton, son regard, la franchise qui siége sur son front, les
traits de son visage, tout cela porte
le caractère de la vérité. Mais est-il
indépendant? a-t-il le pouvoir de
m'offrir sa main? Ah! s'il avait un
père qui ressemblât au père du mien!
Alors, pauvre Lina, tu n'aurais jamais rien à espérer. Dieu! oui, oui,
c'est résolu, madame Muller, qui a
été témoin de sa déclaration, qui le
sera aussi de ma réponse, doit être
notre confidente. Elle a de l'âme,
elle possède un cœur, et elle me
donne tous les jours de nouvelles
preuves de son amour Ce soir, lorsque nous serons seules, je lui de-

manderai ses conseils maternels, et
lui ferai connaître plus particulièrement ma position.

Le 22.

Le pas est fait; que je m'estime
heureuse qu'il soit fait! Après le souper Frédérique vint me prier de
choisir un livre pour notre commune
lecture. « Avez-vous l'Odyssée de
Voss? — Non. — Vous l'avez lue
du moins? — Non. — Sauriez-vous
vous la procurer? — Je l'achèterai,
si vous me le conseillez. — Achetez-
la sur ma parole. Un ami de mon
père, qui a pour principe de mettre,
avant tout, entre les mains des jeunes personnes qui ne lisent pas uniquement pour se désennuyer, quelques bonnes traductions des anciens,
m'a fait connaître l'Odyssée il y a

plus de trois ans. Depuis j'ai beaucoup lu , peut-être trop, et l'Odyssée est toujours restée ma lecture
favorite. Je la sais à moitié par cœur.
— En ce cas il faudra que vous nous
la lisiez ; et que lirons-nous aujour-
d'hui ? — Ce que vous voudrez ; mais
je désirerais m'entretenir auparavant
un petit quart-d'heure avec madame
votre mère. »

Frédérique se leva et voulut s'éloigner. « Restez, mon amie, lui dis-
je en la retenant par le bras ; je n'ai
point de secret , je n'en ai au moins
pas pour la fille de ma bienfaitrice.
— Cette bonne enfant se jeta dans
mes bras. — Pardonnez-moi , me
dit-elle , je n'ai pu me retenir plus
long-temps. — Ni moi non plus ,
lui dis-je en lui rendant de tout mon
cœur ses embrassemens. Sa mère
nous observa en souriant, et nous

6.   10

serra toutes deux contre son sein. « Vivons ensemble comme une ancienne connaissance, me dit-elle. Dès aujourd'hui plus de madame, et encore moins le mot de bienfaitrice; je veux que vous m'appeliez votre amie, parce que je la suis. » Ma seconde mère, lui dis-je en répandant des larmes, et moi votre Lina. Souvenez-vous-en. — Très-volontiers, chère enfant. Maintenant qu'avez-vous à me dire? — Vous le savez déjà; j'ai besoin de vos conseils maternels, et je voulais vous prier de me les donner : quelle réponse dois-je faire à M. de Dornek? — Si je ne me trompe, me dit-elle d'un ton amical, c'est votre raison, et non votre cœur qui me fait cette question; je pense que ce cœur lui a déjà répondu. Je cachai mon visage dans son sein. — Connaissez-vous M. de

Dornek? — Ce n'est qu'à l'auberge que j'ai fait sa connaissance. — Savez-vous qui il est? — Un homme estimable, à ce que je crois; je n'en sais pas davantage. — Moi aussi je le crois un homme estimable. Ce serait assez pour l'estimer, mais je pense qu'il faut en savoir davantage sur le compte d'un amant, d'un homme qui veut vous épouser. Je ne connais pas la famille de Dornek; elle ne doit point habiter notre contrée. — Ni moi non plus; mais je pense... — Qu'il s'expliquera mieux, vouliez-vous dire, et je le pense aussi. Au reste, ma chère Lina, je crois qu'en attendant il ne faudra pas lui faire connaître la situation de votre cœur. Qu'en pensez-vous? — Sans doute. Qui peut savoir si sa famille... — Un profond soupir étouffa mes paroles. Jamais, non jamais je me résoudrai à accepter sa main sans son aveu. Moi aussi je suis le fruit infortuné d'une pareille union qui a coûté son héritage à mon père, et à ma mère la vie. Non, si je dois être malheureuse, je veux l'être seule, et non par ma propre faute. »

Madame Muller applaudit à ma résolution et me combla d'éloges qui me rendirent confuse. Nous convînmes ensemble que, sans cacher à M. de Dornek mon estime particulière pour lui, je m'informerais en même temps avec confiance de tout ce qui le concerne, pour me mettre à même d'instruire mon père de sa famille ainsi que de ses intentions à mon égard. Il était onze heures lorsque nous nous séparâmes. Le cœur soulagé, je me rendis à notre chambre accompagné de Frédérique. Cette chère et bonne enfant! comme son

sommeil est paisible! moi aussi j'ai
besoin de repos; le trouverai-je?

———

DORNEK A SON COUSIN.

Le 24 janvier.

Sais-tu, mon cher cousin, ce que
ma mère me demande dans la lettre
que tu viens de me faire passer? Ni
plus ni moins que de hâter ma haute
alliance avec la noble et grâcieuse
demoiselle de Palmfeld. Il s'est présenté à elle un adorateur qui, à ce
qu'elle croit, pourrait devenir dangereux. Qu'il le devienne; je ne lui
disputerai pas ce bijou. Mademoiselle de Palmfeld est une bonne et
jolie fille, et, par-dessus tout cela,
une riche héritière; malgré ces qua-

lités ce n'est qu'un petit oison. Je pourrais me laisser séduire par son portrait parce qu'il est muet, mais certainement pas par l'original, surtout depuis que je connais ma Lina. Ma mère, ou plutôt c'est mon père qui veut que je demande un congé d'un mois pour me mettre sur le chemin de mon redoutable rival. Il n'en sera pas ainsi. Si mon père savait que je suis aussi près de lui! c'est justement ce qu'il doit ignorer.

Je ne sais pas pourquoi je suis si gai, si tranquille. Serait-ce peut-être à cause du sacrifice que je fais à ma Lina? cependant elle l'ignore, et ne devra jamais le savoir. Puisse ce que j'éprouve être un pressentiment du bonheur qui m'attend! Je suis, il est vrai, encore novice en amour; il m'a paru cependant que la céleste fille n'a pas rejeté mon

cœur. Oh! cher ami, tu aurais dû
la voir lorsqu'elle m'apparut dans
l'auguste majesté de l'innocence; ce
n'était pas la douce rougeur de la
rose qui colorait ses joues; c'était le
pourpre resplendissant dont rayon-
nait la vierge divine lorsqu'elle écou-
tait le salut si inattendu. O le fou!
vas-tu t'écrier; eh bien! oui, j'extravague; je vogue dans les régions les
plus délicieuses de l'imagination.
Puissé-je ne jamais me réveiller de
ces songes enchanteurs! Adieu!
après-demain tu en sauras davantage.

Extrait du journal de Lina.

Le 25 janvier.

Félicite-toi, Lina, tu as fait ton devoir. Tu pourras, sans rougir, te rendre compte de ta journée d'hier.

A cinq heures il entra chez moi, accompagné de madame Muller. J'étais préparée à le voir, cependant je ne pus rien dire. Lui aussi paraissait éprouver un certain embarras qui me plut, je ne sais pas pourquoi. Madame Muller eut pitié de nous, et sans recourir à la ressource ordinaire en parlant du temps ou du spectacle, elle entama une conversation indifférente qui nous donna à tous les deux le temps de nous remettre. Pardonnez-moi, dit-elle enfin en s'interrompant, j'oubliais que M. de Dornek est venu pour avoir un entretien avec ma chère Lina, et cela sur des choses toutes différentes. Sur le bonheur de ma vie, répondit-il, en s'adressant à moi avec une touchante timidité. Oui, répéta-t-il, le bonheur de ma vie est entièrement entre vos mains, estimable Lina. Je voudrais être aussi certain de contribuer au bonheur de la vôtre!

Je repris courage. Si je ne vous estimais pas, Monsieur, lui dis-je, je vous aurais épargné à vous et à moi cette seconde visite. Son visage était rayonnant. Quant à moi, continuai-je, vous savez que j'ai un père : son éloignement ne me rend point indépendante. Et vous, n'avez-vous pas des parens? Il pâlit. — J'ai des parens. — Je vous répète que je vous estime ; j'ose croire que vous m'estimez aussi, et que vous êtes in-

capable de me faire une proposition
qui, au lieu de nous conduire tous
les deux au bonheur, servirait au
contraire à le détruire pour jamais.
Chère Lina, dit-il en saisissant ma
main qu'il pressa sur son cœur, je
ne saurais trouver aucune félicité
que dans la vôtre, et je ne saurais
non plus gagner votre estime que
par la plus entière franchise. Je vous
ai dit dernièrement que ce n'était
que la crainte de vous perdre qui
avait accéléré ma résolution de vous
instruire des sentimens que vous
m'avez inspirés. Je voulais auparavant écarter une difficulté qui
m'avait fait jusque - là garder le
silence. C'est un projet de mariage
de mes parens, dans lequel ils n'ont
considéré que les avantages de la
fortune, sans consulter mon cœur.
(Il me semble qu'en ce moment il

devait entendre battre le mien). Il
est vrai que dans un an l'époque de
ma majorité m'affranchira de toute
contrainte ; je vous aime et il me
serait impossible d'attendre jusqu'à
cette époque. Par le dernier courrier
mon père m'a rappelé à la maison
afin de conclure ce mariage. (Une
sueur froide me couvrit subitement).

Ne craignez rien, je suis ferme-
ment résolu à ne point me rendre à
cet appel, et à employer, au contraire, tous les moyens pour me soustraire à l'abus de son pouvoir; et,
si j'en crois son cœur, lui-même se
repentirait par la suite d'en avoir
franchi les bornes. En tout cas, il y
aurait un moyen infaillible, et peut-
être unique , d'assurer ma liberté.
Vous seule, chère Lina, continua-
t - il dans le ton le plus doux ,
le plus enchanteur de la tendres-

se, vous seule pouvez détruire entièrement toute difficulté, et pour
jamais. — Moi? certainement vous
attendez trop de moi. — Oh! non,
je vous assure; une union tenue secrète seulement pendant quelques
mois pourrait.....

A ces mots tout mon sang se porta
vers mon cœur, et mon front se couvrit d'une sueur froide. L'image de
ma mère se plaça devant mon âme.
Il faut que j'aie pâli, car il s'écria
avec l'accent de la terreur : Au nom
de Dieu, Lina, qu'avez-vous? je
voulus me lever de ma chaise, je n'en
eus pas la force; je voulus retirer ma
main de la sienne, elle était para-
lysée.

Madame Muller me serra dans ses
bras; je me remis enfin. Ma mère,
dis-je d'une voix presque éteinte,
fut la malheureuse victime d'une

union clandestine. Elle a reçu de moi sur son lit de mort le serment de ne jamais m'introduire ainsi dans une famille. Je tiens cette promesse pour sacrée, et j'aimerais mieux..... Oh! n'achevez pas, s'écria-t-il fortement ému, et en faisant avec sa main un mouvement comme pour me fermer la bouche; n'achevez pas, si vous ne voulez pas que je devienne le plus infortuné des hommes. J'étais chancelante.

Il faut qu'en ce moment ma bienheureuse mère m'ait rendu par son souffle une nouvelle énergie, car je retrouvai assez de force pour me lever et pour lui dire d'un ton qui annonçait une résolution : Il y a des choses qui ne se disent point une seconde fois ; M. de Dornek, vous avez mon estime, je veux aussi conserver la vôtre. Une parjure ne pourrait vous rendre heureux , ni être heureuse par vous. Laissez-moi votre estime et la mienne propre. Il me regarda d'un air étonné ; des larmes brillaient sur ses joues. Vous me fermez la bouche, me dit-il après une pause ; ce trait enchaîne à jamais ma destinée à la vôtre, et votre vertu me donne la force de m'élever jusqu'à vous.

Il pressa ma main sur ses lèvres brûlantes. En me refusant votre main , dit-il, j'espère du moins que vous ne me fermerez pas pour jamais votre porte.

Moi. Voici ma seconde mère ; c'est à elle à répondre pour moi.

Madame Muller. Votre propre repos, Monsieur, et le repos de cette jeune héroïne, vous font une loi de ne vous voir que rarement , jusqu'à des temps plus favorables.

Je jetai un regard de reconnaissance sur cette excellente femme.

Dornek à Madame Muller. Vous
êtes digne, Madame, du titre que
vous donne ma Lina (sa Lina !!!);
et pour vous prouver que moi aussi
je veux m'efforcer de mériter votre
confiance, je vous quitte pour aujourd'hui. Je m'aperçois que cet ange
a besoin de solitude et de vos soins
maternels. .

Mon cœur était plein; un ruisseau
de larmes s'échappait de mes yeux.
Il sortit son mouchoir, les essuya,
y imprima un baiser, et le remit dans
sa poche. Il mit à tout cela tant de
vivacité, que je n'eus pas le temps de
me reconnaître. Puis il nous jeta un
regard d'adieu qui exprimait tout à
la fois tant de respect, tant de tendresse, que mon âme en fut émue.

La bonne Muller et moi nous nous

ragardâmes long-temps en silence.
Elle lut certainement sur ma figure
ce sentiment inexprimable qui se
peignait sur la sienne, car nous nous
jetâmes, par un mouvement sponta-
né, dans les bras l'une de l'autre. Un
excellent jeune homme, Lina, dit-elle
enfin, et un vrai prodige pour sa
condition! La victoire que vous venez
de remporter sur votre cœur est d'autant plus sublime ; que ses parens
n'en étaient-ils les témoins !

Pauvre Lina ! comme cet éloge
t'humiliait à tes propres yeux ! Elle
ne savait pas, l'excellente femme,
combien cette victoire m'avait coûté.
Serai-je toujours victorieuse, aurai-
je toujours la force de résister au
torrent impétueux qui lance sans
cesse mon cœur vers lui ? Mais elle-
même l'a nommé un excellent jeune
homme. Il en est d'autant plus dan-

gereux pour une malheureuse jeune
fille qui n'a pas l'espoir de lui appar-
tenir.Oh! ne m'abandonne pas, esprit
de ma mère ! et si tu ne peux m'inspirer le courage de le bannir de mon
cœur, donne-moi au moins la force
de le fuir.

———

DORNEK A SA MÈRE.

Strasbourg, ce 25 janvier.

La lettre que vous avez eu la bonté
de m'écrire, ma très-chère mère,
ma causé, je l'avoue, une vive surprise. Il n'y a pas encore deux ans
que je suis au service, et je dois déjà
demander un congé. Notre chef ne
voit pas avec plaisir de jeunes officiers s'absenter si tôt du régiment;

sans compter qu'ils s'exposent aux railleries de leurs camarades.

Il est vrai que je pourrais alléguer un puissant motif. Cependant, ma bonne mère, pourquoi dois-je donc m'établir si tôt ? Mlle de Palmfeld est sans doute un parti avantageux, et je conviens qu'autrefois je n'avais pas beaucoup à objecter contre ce mariage ; mais l'éloignement, et le goût que j'ai pris pour l'état militaire, ont entièrement effacé de mon âme l'image de cette jeune personne.

Je doute, au reste, ma chère mère, que cette alliance me rende heureux. J'ai eu depuis des occasions d'établir des comparaisons qui n'ont point tourné à l'avantage de la jeune Palmfeld. Elle m'apporterait de l'éclat et de la richesse ; mais je sens que ces avantages ne suffisent pas

pour contenter mon cœur. Il demande une compagne dont les sentimens
répondent aux miens, et avec laquelle je puisse jouir de la félicité
que donne l'amour, et de celle que
procure l'amitié.

Si je n'ai pas encore rencontré
cette compagne, je la trouverai certainement un jour ; mais excusez ma
franchise si je vous dis que mademoiselle de Palmfeld n'est pas l'idéal
qui s'offre constamment à mon âme.

Si donc, ô la meilleure des mères,
vous désirez véritablement le bonheur de votre Charles (et comment
pourrais-je en douter?), vous renon-
cerez à un plan qui trahirait le plus
cher de mes vœux ; et vous tâcherez
de déterminer mon respectable père
à y renoncer également. Permettez-
moi de vous désobéir une première
et unique fois dans ma vie. Si vous

connaissiez la situation de mon cœur, vous autoriseriez peut - être vous-même cette désobéissance.

Adieu, ma très-chère mère ; je baise avec la plus respectueuse tendresse vos mains et celles de mon bon père.

———

DORNEK A SON COUSIN.

Manheim, ce 26 janvier.

Elle m'aime, mon ami ! mais, hélas ! voilà tout. Mon sort reste indécis. Elle ne veut pas entendre parler d'une union clandestine , ni d'un mariage contracté contre le vœu de mes parens. Je suis au désespoir ; et cependant , tel est le pouvoir de la vertu, que je suis forcé de l'admirer,

et je ne me permets pas de souhaiter
qu'elle fût moins vertueuse.

J'ignore ce que je deviendrai, mon
cher cousin ; mais je sais très-bien,
et je jure par tout ce que l'honneur a
de plus sacré, qu'aucune autre que
Caroline de Saalen ne sera ma femme. Quelles que soient jamais les sui-
tes de ce vœu, je suis résolu à tout.

Voici ma réponse à ma mère. Il
m'importe beaucoup qu'elle soit mise
à la poste à Strasbourg, et non ici.
Tu connais la violence du caractère
de mon père, d'ailleurs si bon, et tu
n'ignores pas le crédit dont il jouit
à cette cour. Il devinera mon amour,
il doit le deviner ; mais il ne doit pas
deviner le lieu qu'habite mon amante.
Qui sait quels excès il se permettrait
dans sa première vivacité contre cette
pauvre et innocente personne !

Je compte avec autant de confiance

sur ta discrétion, qu'en pareille circonstance tu pourrais compter sur la
mienne, et dans tous les cas possi-
bles sur mon inaltérable amitié.

Extrait du journal de Lina.

Le 28 janvier.

Déjà trois jours se sont écoulés
sans qu'il soit venu. Quelle doit en
être la cause? serait-il malade? ah!
ce n'est pas à lui d'être malade, il a
encore de l'espoir. S'il était malade,
madame Muller en serait instruite
par l'hôtesse; mais elle ne parle pas
de lui, comme si elle voulait m'apprendre à l'oublier.

Son père a peut-être découvert
son secret et est allé le chercher.

Son père!..... je ne sais pas pourquoi je frémis à l'idée de son père.
Je le vois avec une froide sévérité
secouer la tête à l'aveu de son fils
prosterné à ses pieds, rire de ses
larmes, le repousser, le jeter dans
la rue, et lui fermer à jamais la maison paternelle.

Si tu l'aimes, Lina, tu ne lui pré-
pareras pas un pareil sort, tu le ban-
niras à jamais de ta présence; ton
cœur seignera, mais il seignera pour
lui.

Quoi! es-tu sûre qu'il soutiendra
cette épreuve, qu'il ne finira pas par
céder aux menaces, aux prières de
ses parens, surtout puisqu'une riche,
une belle héritière....... Est-elle effectivement belle? l'a-t-il dit? je crois
que non; je n'en suis cependant pas
bien sûre. Ah! si, outre sa richesse,
elle est encore belle, et si cette riche

et belle héritière l'aime, elle fera valoir tous ses avantages pour chasser de son cœur l'image de la pauvre orpheline délaissée. Hélas! pourquoi l'ai - je vu! pourquoi l'ai - je écouté!

Lina, tu es injuste. Un sentiment nouveau, inconnu, bien plus rédoutable que le premier, empoisonne non-seulement ton repos, mais jusqu'à la bonté de ton cœur. Ne cherche pas à connaître le nom de ce sentiment; c'est un génie infernal qui te l'a inspiré par son souffle malfaisant; il te rend trop injuste.

Comment! tu pouvais oublier ces paroles si solennelles: « Ce trait enchaîne à jamais ma destinée à la vôtre! » Et quel était donc ce trait? une réponse que démentait mon cœur, le refus de couronner ses vœux. C'était là de la vertu; c'était l'amour qui

s'imposait à lui-même les chaînes de
la vertu.

Ingrate ! il t'aime ; son absence,
dont tu lui fais un crime, cette absence même est une preuve de son
amour. Le repos de cette jeune héroïne, disait ma seconde mère, vous
impose le devoir de ne nous voir que
rarement. Et moi, je me plains, je
lui en veux d'avoir laissé passer trois
jours sans enfreindre ce devoir.
Quelle héroïne !

Le 29.

Malheureuse ! c'est pour la pre--
mière fois que j'ai dû m'épouvanter
de moi-même en lisant le feuillet de
mon journal d'hier qui m'offre mon
image la méfiance peinte sur le front,
les yeux enfoncés, et la malignité
dans tous mes traits.

Ah ! je veux l'arracher ce feuillet.

6.   12

Non, Lina, tu ne dois point l'arracher; tu dois le conserver comme un
document instructif qui te rappellera
l'égarement de ton cœur; et toi, estimable amant, pardonne-moi de
t'avoir méconnu, d'avoir profané par
le soupçon le sacrifice que tu fais à
mon repos, à ma réputation. Punis
ce soupçon par ton indifférence, par
ton mépris; Lina n'est pas digne de
toi.

Le 30.

Oui, elle est digne de toi. Elle a
combattu contre elle-même, elle a
combattu long-temps, et elle a fini
par vaincre. Elle honore ta vertu,
elle admire ta constance, et elle tâ-
chera de l'imiter.

Mme DE SONNENSTEIN A Mme MULLER.

Je m'adresse à toi, chère Molly, pour une commission qui me tient extrêmement à cœur.

Demain ma Wilhelmine épousera notre baillif. Je me réjouis beaucoup de voir cette bonne fille bien établie; mais je suis par contre-coup embarrassée pour trouver à la remplacer.

Je me suis adressée à plusieurs amies, et aucune n'a pu réussir à me trouver ce que je désire. Tu seras peut-être plus heureuse, ma chère Molly. Tu sais ce qu'il me faut. Une personne jouissant d'une bonne réputation, bien élevée, devant être plutôt demoiselle de compagnie que femme de chambre, et surtout une lectrice pour mon époux, qui a conservé son goût pour les relations de guerre et les histoires de voyage, qui lui font oublier les longues soirées d'hiver, et quelquefois même sa goutte. A égalité de mérite, je préférerais une orpheline.

Cherche un peu, chère Molly, si tu ne connaîtrais pas une aspirante que tu pusses me recommander ; mais je le répète, le premier de ses talens doit être celui de bien savoir lire, et d'avoir une voix agréable. Je sais que le talent de bien lire n'est pas commun, surtout si, comme moi, on entend par-là celui de lire avec goût, c'est-à-dire avec sentiment. Wilhelmine savait cela ; il faut que celle qui la remplace le sache aussi.

Je me réserve la lecture française, parce que je ne puis raisonnable-
ment prétendre que la même personne possède également cette langue.
Tu pourras lui promettre pour la
première année deux cents francs de
traitement; si je suis contente d'elle,
je le lui augmenterai chaque année.
Tu sais, ma chère Molly, tout ce
qu'elle trouvera dans ma maison; il
ne m'appartient pas de le dire. Je
t'engage toutefois à modérer les ef-
fusions de ton bon cœur, dans la
crainte que l'on ne t'accuse d'avoir
prodigué de belles paroles et des espérances que l'on ne trouverait peut-
être pas réalisées.

Le colonel te salue et joint sa prière à la mienne. Porte-toi bien, chère Molly, et ne me fais pas attendre
ta réponse. Je ne justifie pas mon
impatience, car tu la trouveras très-

excusable. Je t'embrasse, ainsi que ta bonne Frédérique.

ELISE DE SONNENSTEIN.

———

Extrait du journal de Lina.

Le 31 janvier.

Tu me fais signe, bienfaisante providence ; je baise ta main qui me fait cet appel, et j'y répondrai.

Que ces derniers mots sont tremblans ! je veux retoucher ces caractères si mal tracés. Non, restez tels que vous êtes, pour me rappeler journellement et ma faiblesse et mon devoir.

Infortunée ! il y a peu de jours que tu aurais béni, comme le plus

grand des bienfaits, la ressource que
ton cœur accepte aujourd'hui en
soupirant.

Mais dois-tu pour cela renoncer à
tes espérances? Des espérances!.....
as-tu donc oublié les difficultés qu'il
a présentées avec une si noble franchise? ah! je veux, je dois partir.

A en juger par ces lettres, cette
baronne de Sonnenstein doit être
une excellente femme. Ma seconde
mère, qui la connaît depuis son enfance, n'en parle qu'avec ravisse-
ment. Fille d'un employé, et deve-
nue orpheline, elle fut reçue par la
mère de la baronne, madame de Herborn, et élevée dans sa maison comme compagne de sa fille unique.
Cette circonstance m'explique la po-
litesse de son esprit et l'instruction
que j'ai découverte en elle dès le premier moment de notre connaissance.

Le colonel, qui a vingt ans de plus que son épouse, doit être un très-brave homme, mais toutefois un peu sévère. Il lui a fallu, depuis plusieurs années, quitter le service militaire à cause de la faiblesse de ses yeux. Ma seconde mère m'assure qu'il ne me sera pas difficile de gagner sa bienveillance.

Demain elle répondra à la baronne ; elle m'a dit qu'elle me communiquerait sa réponse ; comme je connais son attachement pour moi, je sais d'avance qu'elle me sera favorable, peut-être trop favorable ; je l'ai dispensée de me faire cette communication.

Dans cinq jours nous pourrons recevoir la réponse de Waldingue. Pendant ce temps je finirai un ouvrage dont madame Muller veut me charger pour son amie, comme un

échantillon de mon prétendu talent.
Je lui ai fait promettre solennelle-
ment qu'elle ne lui révèlerait jamais
mon véritable nom sans mon consentement exprès. Cette connaissance ne pourrait que l'embarrasser, et
j'aime mieux gagner ma vie comme
fille de service roturière, que de vivre de la générosité d'autrui sous la
qualification pénible de noble demoiselle.

Madame Muller approuve d'autant plus mes motifs, qu'elle dit que
la baronne a un fils pour lequel la
femme de chambre ne saurait devenir aussi dangereuse que le serait la
noble demoiselle. Cette circonstance
me ferait balancer dans ma résolution,
si elle ne m'avait assuré positivement
que ce fils était au service d'une
puissance étrangère, et qu'il n'allait
que très-rarement visiter ses parens.

Elle ne saurait, au reste, m'en dire davantage, puisque depuis quinze ans elle ne l'avait pas vu. Je ne veux pas le voir non plus. Les jeunes officiers ne sont pas tous aussi estimables, aussi modestes que........

Cette bonne Frédérique ! chaque fois qu'elle me regarde les larmes lui viennent aux yeux ; j'aurai également de la peine à me séparer d'elle. Ce n'est qu'aujourd'hui que je lui ai fait connaître mon véritable nom, que sa mère ne lui avait jamais appris. Cette bonne enfant s'effraya et se reprocha sa familiarité avec moi ; je m'efforçai de la tranquilliser en redoublant mes caresses. J'y réussis, et cette preuve de confiance attacha encore plus étroitement son cœur au mien. Sa mère me tient compte de ce procédé; excellente femme ! de combien ne lui suis-je pas encore redevable!

Chaque fois que je prononce le nom de mon père, chaque fois que je pense seulement à lui, je sens un coup de poignard me percer le cœur. Il y a déjà quinze jours qu'il m'a quittée et je n'en ai aucune nouvelle; je ne puis pas en recevoir, ni lui de moi, parce que j'ai voulu épargner une nouvelle injustice à mon grand-père.

———

Mme MULLER A Mme DE SONNENSTEIN.

Manheim, le 1er février.

Félicitez-moi, noble dame, je puis vous servir bien au-delà de votre attente. Une jeune personne aimable, fille d'un officier-recruteur qui l'a abandonnée, regarde votre maison comme un asile que lui offre la providence pour la préserver des écueils de son âge. Son père l'avait amenée ici de Heilbronn pour jouir des amusemens du carnaval. A la Redoute, il perdit au jeu les fonds de sa caisse, se sauva en Hollande, et laissa sa fille avec quelques ducats à l'auberge.

La pauvre malheureuse était désespérée. Son hôtesse vint me demander si je ne pouvais l'employer dans mon magasin. Sans en avoir absolument besoin, je la reçus chez moi pour la soustraire aux assiduités d'un jeune gentilhomme qui logeait à la même auberge, et qui l'adore dans toute l'acception du mot.

Elle était à travailler à côté de moi lorsque je reçus votre lettre; je lui en ai fait la lecture; elle réfléchit quelques instans. On pouvait lire

sur chacun des traits de son visage le
combat que se livrait son cœur.
Tout-à-coup elle se jeta dans mes
bras, et, en baignant mon sein de
ses larmes, en élevant les mains vers
moi, elle me conjura de vous la recommander. Je vous promets, dit-
elle, par tout ce qu'il y a de plus
sacré, que je justifierai votre recom-
mandation; et moi, Madame, je
n'hésite pas un instant à me porter
garant de la sincérité de sa promesse.
Lorsqu'une fois vous connaîtrez cette
excellente personne, vous ne trouve-
rez ma garantie aucunement hasar-
dée, surtout quand je vous aurai dit
qu'elle a non-seulement refusé les
secours de son amant, mais encore
sa main, parce qu'il la lui avait offer-
te sous la condition de tenir leur
union secrète pendant quelque
temps, à cause du refus qu'il avait

à craindre de la part de son père.

Cependant je suis convaincue que la pauvre enfant aime ce jeune gentilhomme. Il se nomme M. de Dornek, et se dit officier. C'est un très-aimable et, si j'ose me fier à mes observations, un très-estimable jeune homme, que je crois un amoureux enthousiaste, mais rien moins qu'un séducteur. Caroline Roland, c'est ainsi que se nomme cette charmante fille qui n'a pas encore dix-huit ans, n'a jamais voulu lui parler autrement qu'en ma présence ; et lors de sa dernière visite , elle se conduisit avec un héroïsme qui m'a forcé à l'admiration, et qui me garantit ses principes.

Pardonnez-moi, Madame, ma loquacité ; j'ai cru devoir vous instruire de toutes ces circonstances pour vous donner une juste idée de ma proté-

gée. Mais il est enfin temps que je
vous dise aussi quelque chose de ses
talens. Elle lit supérieurement bien
l'allemand et même le français. Sa
voix douce et mélodieuse plaira in-
dubitablement à M. le colonel. Outre cela, elle connaît toutes les occupations d'une personne bien élevée;
elle brode surtout très-bien, et m'a
montré plusieurs modèles de son in-
vention, qui sont d'un goût charmant.

Vous voyez, Madame, que j'avais
raison de vous dire que je suis en
état de vous servir bien au-delà de
votre attente. Caroline partira au
premier signal que vous nous donnerez. N'étant pas encore au fait de
sa nouvelle carrière, elle ose compter sur votre indulgence. J'espère
qu'elle n'en aura pas long-temps besoin. Je lui ai inspiré du courage, et

l'ai instruite de mon propre sort. Lorsque je lui dis que feu madame votre mère me recueillit comme orpheline et me fit élever avec vous; lorsque j'ajoutai que vous aussi, vous étiez la mère des orphelines, elle éleva vers le ciel ses beaux yeux noirs et s'écria : « Alors elle sera aussi ma mère, et Dieu l'en bénira : écrivez-lui, Madame, que je suis prête à partir. »

Vous verrez, Madame, par ce que j'ai dit plus haut, qu'il sera nécessaire de cacher son nouveau séjour à son amant. Caroline en convient elle-même; mais elle ignore que j'ai instruit sa nouvelle protectrice du secret de son cœur.

Que pensez-vous, Madame, de l'idée qui me vient de l'accompagner moi-même dans un carrosse de louage jusque chez mon beau-frère à Hei-

delberg, où une personne de confiance de votre maison pourra venir
la prendre et faire aisément en un
jour le trajet restant de quatorze
lieues? J'attends là-dessus vos or-
dres.

Adieu, Madame; ma Frédérique,
qui est attachée de cœur et d'âme à
l'aimable infortunée, vous baise les
mains; et moi, je suis avec la plus
tendre estime, votre

MOLLY.

———

Extrait du journal de Lina.

Le 2 février.

Dieu soit béni! cette épreuve aussi
est surmontée; mais quel tourment!
l'idée cruelle que peut-être nous nous

voyions pour la dernière fois, oppressait mon cœur et se lisait dans mes
yeux. Quels efforts ne me fallut-il
pas faire pour empêcher mes larmes
de couler ! Cependant, si je n'ai pu
lui cacher entièrement ma tristesse ,
il est sûr du moins qu'il n'a pu en
pénétrer la cause ; ah ! certainement
non. Il n'a jamais été aussi intéressant. Depuis qu'il m'a ouvert son
cœur il est plus timide, plus respectueux qu'auparavant. On dit que c'est
là le véritable amour ; ah! sans
doute son amour est véritable. Cet
air, ces yeux ne sont pas ceux d'un
hypocrite ; et son front si ouvert ! il
porte la sublime empreinte d'une
âme droite et pure. Je puis bien me
dire cela à moi - même, car il ne lira
jamais ces lignes. Il a écrit à sa mère,
et en attend une réponse dans huit
jours. Dans huit jours ! où serai-je ,

moi, dans huit jours ? Comme il sera
étonné, effrayé, désolé! certainement il sera désolé lorsqu'on lui dira : Lina n'est plus ici; Lina s'est
cachée, et ne se montrera que lorsqu'elle pourra le faire sans craindre
son propre cœur. S'il devait ne pas
m'être permis d'être l'amante de cet
estimable jeune homme, je resterais
cependant éternellement son amie.
Mais alors l'amie devra rester éloignée de lui, peut-être à jamais. Mon
éloignement lui fournira une grande,
peut-être la plus grande preuve de
mon amitié. Je demanderai à ma seconde mère si je ne pourrais pas
laisser quelques lignes pour lui ; oh!
elle me le permettra; je puis, je dois
lui dire que je ne le rejette pas, que
je ne le fuis point par indifférence.—
Par indifférence! ..... pauvre Lina!
pauvre Lina! tu n'as déjà plus la

force de souhaiter que vous fussiez indifférent l'un pour l'autre.

Deux heures se sont écoulées comme deux minutes ; nous parlâmes aussi littérature. Il aime aussi , comme moi , l'Odyssée, et mon cher et mélancolique oiseau. Nous étions assis à côté l'un de l'autre ; je me rapprochai de lui par un mouvement prompt et involontaire , lorsqu'il me nomma mes deux auteurs favoris que je ne lui avais pas encore nommés. Lui aussi sait par cœur les chansons de Selma. Lorsque je serai de retour, me dit-il , nous lirons ensemble quelques odes de Klopstock. Lorsque je serai de retour....! mon cœur allait se briser, et je fus obligée de me pencher en arrière sur le canapé. Madame Muller, qui remarqua mon tourment, s'empara de la conversation. Il en parut fâché, et moi je fis

tous mes efforts pour y prendre part.
On nous appela pour le souper ; il
voulut se retirer. Madame Muller,
la bonne madame Muller lui demanda s'il voulait être des nôtres. Ah !
elle pensait apparemment qu'elle lui
devait ce dernier plaisir. Il était en-
chanté et accepta. Deux heures encore se passèrent comme deux minutes. Il a beaucoup de connais-
sances ; la conversation était très-in-
téressante, et je voyais avec plaisir
Frédérique y prendre part. Elle le
fit d'une manière qui me découvrit
un nouveau côté intéressant de cette
chère enfant. C'est ainsi que mon
cœur eut le temps de devenir plus
tranquille ; et la satisfaction de mon
ami y contribua pour beaucoup. Je
me trouvais si bien de le voir heureux ! Mais au départ, lorsqu'il saisit
ma main et la pressa sur ses lèvres,

il dut la sentir trembler ; je me disais :
C'est ici son dernier adieu ; et je me
permis de presser légèrement sa main.
Je crois que je pouvais le faire ; qui
sait si..... et quand..... Non, il me
serait impossible de tracer cette
pensée sur le papier !

Mme DE SONNENSTEIN A Mme MULLER.

Waldingue, le 3 février.

Deux mots seulement, chère et
bonne Molly, car j'ai du monde aujourd'hui. Mercredi prochain, 10
du courant, ma voiture sera rendue
de bonne heure à Eydelberg. Mon
baillif et sa jeune petite femme veu-
lent aller chercher ma nouvelle com-
mensale. J'aimerais beaucoup la recevoir moi-même de tes mains, et

aller t'embrasser après six années d'absence, si je n'étais retenue auprès de mon époux, qui a un nouvel accès de goutte, pour faire auprès de lui les fonctions de garde-malade et de lectrice.

Tu me dis beaucoup de bien de ta Caroline, et j'y crois, parce que c'est toi qui me le dis. Je te prouverai ma reconnaissance pour ce cadeau, par la manière dont je le recevrai. Comme j'ai une seconde femme de chambre, Caroline, vu sa naissance et son éducation, sera plutôt la préposée à ma toilette et à ma garde-robe, que ma soubrette; et si elle a le bonheur de se rendre agréable à mon époux, je trouverai peut-être les moyens de la distinguer encore davantage. Le régisseur te remettra tous les déboursés.

Adieu, mon amie; je n'ai pas besoin de te répéter que je suis à toi
de toute mon âme.

Elisa.

———

Extrait du journal de Lina.

Le 5 février.

Depuis les jours heureux de mon
enfance, je ne me suis jamais réveillée aussi satisfaite qu'aujourd'hui.
J'ai rêvé de lui. Frédérique était
déjà debout; et en venant m'embrasser, elle me dit tout bas à l'o-
reille : « Vous avez, en dormant,
prononcé le nom de Dornek. » Je
cachai mon visage dans mon oreiller.
— « Si vous ne voulez pas me regarder, je m'en irai, » dit-elle mali-
cieusement; et elle sortit d'un pas
léger.

Je m'habillai à la hâte; avant de descendre je jetai pour la première fois un regard dans le miroir. Mes joues étaient vivement colorées, et le bonheur des bienheureux brillait dans mes yeux; je n'étais occupée que d'une seule pensée, d'un seul sentiment, de mon songe. Je le vois sans cesse devant moi me dire en souriant : « Tu me fuis, Lina, mais cependant tu ne m'échapperas pas. » Il étendit ses bras vers moi. Je voulus appeler ma seconde mère, et je criai : .... *Dornek!*

« Aujourd'hui vous pourriez servir de modèle à un peintre pour représenter la déesse Aurore, me dit madame Muller en me donnant un baiser sur le front. « Je ne voudrais pas être le pauvre peintre, » cria Frédérique, occupée à préparer le déjeuner dans la pièce voisine. Nous

étions encore assises à table lorsque
le facteur vint nous apporter la réponse de madame de Sonnenstein :
madame Muller la parcourut rapidement, et son air satisfait m'annonça
déjà son contenu, avant qu'elle m'eût
communiqué la lettre. Je l'embrassai. Frédérique pleura sur mon sein,
et je pleurai sur le sein de sa mère.
« Soyez toujours pour moi ce que
vous m'êtes aujourd'hui, » voilà tout
ce que mes sanglots me permirent
de lui dire. On mit de côté tout travail, la voiture fut louée, et Frédérique m'accompagna dans ma chambre pour m'aider à faire mes pa-
quets. « M'écrirez - vous aussi de
temps en temps, pour me donner
de vos nouvelles ? me dit l'aimable
enfant.—Oui, certainement, lui répondis-je en l'embrassant, et chaque
réponse de ma Frédérique sera une

fleur qu'elle répandra sur la route
solitaire que je parcours dans la carrière de la vie. — Ma Frédérique!
suis-je votre Frédérique? puis-je l'ê-
tre?—Oui, tu l'es, m'écriai-je avec un
vif battement de cœur ; la fille de ma
seconde mère est ma sœur ; qu'à l'a-
venir nous ne nous appellions que
de ce doux nom. Elle me serra contre son cœur avec un transport brûlant. — Ma Lina! ma sœur! nous
avions tant de choses à nous dire,
notre travail avança si peu pendant
notre conversation, que nous n'en-
tendîmes pas sonner les heures, de
sorte que madame Muller fut obligée
de nous venir chercher elle-même
pour nous mettre à table.

Lorsqu'elle ouvrit la porte de notre chambre, nous nous avançâmes
vers elle nos bras enlacés, nos joues
collées l'une contre l'autre. « Lina

veut être ma sœur », s'écria Frédérique en se précipitant avec moi sur
le sein de sa mère. Celle-ci nous em-
brassa tour-à-tour, et dit d'un ton
profondément ému : « Le ciel a
exaucé mon vœu; il a accordé à ma
Frédérique une amie qui peut lui
servir de modèle. » — C'est sa mère
qui est son modèle, m'écriai-je, pendant que nous la prîmes au milieu de
nous pour descendre.

J'avais le cœur trop oppressé pour
pouvoir manger. J'étais muette à
côté de Frédérique; la bonne enfant
était incapable de m'égayer, et sa
mère ne l'entreprit point, persuadée
qu'elle était de ne pas y réussir. A
l'issue du dîner, elle me serra amicalement la main et me dit : « Retournez dans votre chambre, mon
enfant; dans une situation telle que
la vôtre l'on aime à être seule. O com-

bien elle avait raison ! Je courus me placer à ma petite table où j'écrivis, hélas ! pour la dernière fois sur ces feuilles, dans cette cellule hospitalière !

Je voudrais encore écrire quelque chose, une couple de lignes seulement, mais elle doit m'en donner la permission avant que je me le permette à moi-même. Je vais la lui demander, car il est temps que je redescende.

A neuf heures du soir.

Je l'ai trouvée occupée de la lettre dont elle veut me charger pour ma future maîtresse. Avant de la cacheter elle me la donna à lire. Une mère ne se permettrait pas de parler de sa fille à une personne étrangère dans des termes aussi flatteurs, aussi tendres. Alors je risquai de lui demander si elle ne trouvait pas convenable que je laissasse quelques lignes pour M. de Dornek ? — Pourquoi non, me répondit-elle ; votre éloignement n'est point une fuite, et il doit le savoir. Je me mis donc à écrire. A mesure que j'écrivais une ligne je la relisais ; je n'étais contente d'aucune, et cependant je ne trouvais pas à faire mieux. L'encre paraissait se figer dans ma plume. Enfin le pauvre billet fut achevé ; je le remis en tremblant à ma bonne amie. Elle le relut deux fois. « Bien, très-bien, mon enfant, me dit-elle en voulant me le rendre. — Gardez-le, lui dis-je, il sait bien que je n'ai pas de secrets pour vous. — A la bonne heure ; mais ce billet doit être cacheté, car il pourrait se présenter demain pendant mon absence, et il ne conviendrait pas que

Frédérique le lui remît ouvert. »

Les mots demain, absence, me
serrèrent le cœur; il m'échappa un
profond soupir; si j'avais voulu l'é-
touffer, je crois que je serais tombée
en défaillance. Elle me regarda douloureusement et me caressa la joue.
« Consolez-vous, mon enfant, votre
sort est en de bonnes mains; vous
serez heureuse un jour. » Cette pro-
phétie versa un baume vivifiant dans
mon sang près de se figer. Une correspondance avec le jeune homme,
me dit-elle après une pause, ne pourrait rien vous dire de nouveau; et
comme, pour plus d'une raison,
votre retraite doit encore lui rester
inconnue, je veux être votre intermédiaire. Je l'instruirai de tout ce
qu'il pourra savoir, et ne vous ca-
cherai absolument rien de ce que
vous devez apprendre. — J'étais

tentée de me jeter à ses pieds.

C'est ainsi que se passa la soirée; madame Muller nous envoya coucher de bonne heure. J'avais encore à achever ma dernière tâche journalière; la voilà finie. Je l'ai écrite avec la même plume qui a servi à lui tracer mon dernier adieu. Je la conserverai, et ne l'emploierai jamais que pour écrire son nom. Il ne faut pas qu'il existe de pressentimens, autrement il serait sûrement venu me voir aujourd'hui. Ah! je voudrais bien encore le voir, ne fût-ce que pendant une minute, une seconde. Peut-être le reverrai-je en songe; je rêverai certainement de lui..... mais pourrai-je dormir?....

DORNEK A SON COUSIN ,

à Strasbourg.

Manheim, ce 5 février.

Notre malade, mon cher cousin, aurait bien pu guérir un peu plus tard , ou bien notre colonel s'embarrasser un peu moins de mes affaires. Quel que soit le plaisir que j'aie toujours à recevoir de tes lettres, celle d'aujourd'hui était cependant pour moi un véritable message de Job. Elle m'a cruellement réveillé d'une ivresse de félicité dans laquelle mon âme nageait depuis trois nuits. Ah ! cher ami, je suis plus heureux qu'aucun homme sur la terre ne l'a jamais été, et si tu ne le crois pas, je le suis pourtant.

6.   15

Vendredi dernier je passai quatre heures avec elle. Les premiers momens la chère fille n'était pas très-gaie; je présumai qu'elle pouvait avoir reçu de mauvaises nouvelles de son père. Cette douleur muette, qu'elle cherchait quelquefois à dissimuler par un sourire, imprimait sur son charmant visage quelque chose de si imposant, une teinte de douceur si héroïque.... c'était la céleste image de la résignation qui joue avec la chaîne que lui a imposée le destin. Sa manière de penser, ses sentimens, son goût, tout cela paraît être la copie, ou plutôt le modèle de ma propre manière de penser, de mon propre goût et de mes propres sentimens. Bref, si Lina n'était pas vertueuse, Aphrodite avec toutes ses séductions devrait lui céder l'honneur de m'enchaîner.

J'en viens à l'ajournement per-

sonnel que tu viens de me transmettre. Il me serait impossible , cher
cousin, de me mettre en route avant
après-demain ; je te dis impossible. Il
faut que je revoie encore une fois la
céleste fille pour concerter notre correspondance avec elle. Cela ne pourra
pas se faire aujourd'hui ; depuis deux
jours j'ai des maux de tête affreux ,
accompagnés de frissons fiévreux ,
et je suis forcé de garder ma chambre. J'espère que cela n'empirera
pas.

Tu aurais bien pu ouvrir la petite
lettre de ma mère. Son contenu était
bien plus grâcieux que je n'osais l'espérer. Je dois aller chercher en personne la réponse à ma supplique ; et
si j'ai de la répugnance à demander
un congé, mon père se décidera d'en
écrire lui-même au colonel.

Je ne lui répondrai plus d'ici, et

ne sais pas encore moi-même ce que
je lui répondrai. Si ma lettre était
pour ma mère seule, je lui ouvrirais
mon cœur. Mais il me faut dissimuler avec mon père jusqu'à ce que
mademoiselle de Palmfeld soit hors
de mon chemin. Le colonel m'aime,
quoiqu'il me boude aujourd'hui; et
si je lui confie mon éloignement pour
ce mariage, je parviendrai peut-être
à le déterminer à me refuser le congé, ou au moins à en reculer l'époque.

Le 17.

Ah! mon cher ami, qu'ai-je à te
raconter! hier, et encore ce matin,
je me sentis si malade que je pus à
peine me soutenir. Le soir je me fis
amener une chaise à porteur pour aller annoncer mon départ à Caroline.
Son hôtesse me reçut très-bien, et
cependant avec un certain embarras.

« Notre Lina est partie, me dit-elle lorsque nous fûmes seuls, et m'a laissé cette petite lettre pour vous. — En voici mot à mot la copie :

Le 5 au soir.

« Je me cache, mon ami, sans cependant vous fuir. La Providence m'offre inopinément un asile où je pourrai attendre le développement de mon sort. Si vous m'aimez, Dornek, si je dois continuer à croire à la pureté de vos intentions, vous ne chercherez point à découvrir le lieu de ma retraite. Je vous en instruirai dès que les circonstances l'exigeront ou le permettront. Personne ne le connaît, excepté madame Muller, qui ne trahira pas la promesse qu'elle m'a faite à cet égard. Si vous réfléchissez sans prévention à notre position mutuelle, vous approuverez ma démarche, ou je me tromperais étran-

gement sur votre compte. Aujour-
d'hui que je m'éloigne de vous, j'ose
vous dire que mon cœur vous distin-
gue parmi tous les autres hommes
que je connais. Je ne vous le dirais
pas cependant, si je vous croyais
capable de supposer dans cet aveu
une rétractation de ma première déclaration. Des chagrins prématurés
ont doublé les années de mon existence ; et une victime sacrifiée m'a
laissé pour héritage son exemple.

» Ne me répondez pas, et persua-
dez-vous bien que je sais d'avance
ce que vous me répondriez.

» Adieu, Dornek. Quand même
nous ne devrions jamais nous revoir,
je suis et serai toujours

» Votre amie,

» Caroline. »

Représente-toi, mon cher cousin, un homme qui, dans un songe, croit saisir ce qu'il a de plus cher au monde, et qui n'embrasse qu'une ombre. Je tombai muet dans un fauteuil ; je pressai le billet sur mon cœur, sur mes lèvres, je le mouillai de mes larmes. La fièvre qui sommeillait dans mes veines vint agiter tous mes membres. « Vous êtes malade, mon cher M. de Dornek, dit madame Muller en me regardant d'un air de pitié ; retournez chez vous vous reposer. — Je venais, lui dis-je, pour lui faire mes adieux, car j'ai reçu l'ordre de retourner à mon régiment à Strasbourg, et elle...
— Elle vous a épargné, me dit-elle en m'interrompant, la douleur de l'adieu. — Epargné ! dis-je en tombant dans un profond anéantissement. » — Je me sentis très-mal.

J'entrevis la nécessité de me faire porter à la maison. —Vous me promettez cependant, lui dis-je en partant, de vous charger de mes lettres pour Lina? je ne les cacheterai pas.

— Je me ferai un plaisir de les lui transmettre, si leur contenu est tel que je puisse le faire. Le billet que vous écrit Lina dictera à cet égard ma conduite. »

Je quittai l'excellente femme, à laquelle je ne saurais en vouloir, après lui avoir donné l'adresse de mon banquier. Je dirai à ce dernier que ce M. de Dornek est un ami en voyage dont j'attends l'arrivée, afin de ne te compromettre d'aucune manière, mon cher cousin. Je t'écris tout cela de mon lit; mais je partirai cependant demain; qu'ai-je encore à faire ici! Comme je prendrai un carrosse de louage, et n'irai qu'à petites journées, mon épître arrivera toujours avant moi.

J'espère maintenant que ton opinion sur ma Lina est d'accord avec la mienne. Si mon père la connaissait, il approuverait certainement mon choix; sa pauvreté ne l'en empêcherait pas; il n'a jamais été avare, et il est riche. Il est vrai qu'il a sur l'honneur des principes outrés; et quoique Lina soit d'une famille noble, elle porte un nom auquel son indigne père a imprimé la flétrissure. Non, non, je ne puis ni ne dois découvrir mon secret.

Adieu, mon cher cousin, et plains ton malheureux ami.

CHARLES.

Extrait du journal de Lina.

Waldingue, le 7 février.

Prosterne-toi, ô Lina, prosterne-
toi devant ton père invisible, qui,
pour la seconde fois, t'a si visible-
ment protégée. Il est souvent difficile, pour un cœur profondément
ému, d'offrir des actions de grâces à
un bienfaiteur mortel, parce qu'il
lui faut trouver des paroles pour éx-
primer sa reconnaissance. Mais pour
toi, Être souverainement bon, tout
sentiment de gratitude, chaque larme
de reconnaissance est une hymne.
C'est avec cette pensée douce et
consolante que je veux, loin de tous
les yeux, et en ta seule présence,
célébrer mon entrée dans ce temple

de la vertu. Puissé-je ne jamais me
rendre indigne de l'habiter !

Le 9.

Ce n'est qu'aujourd'hui que je suis
en état de récapituler les scènes des
jours qui se sont passés, et de ratta-
cher le fil des événemens.

Ce silence, cette auguste solitude
de ma cellule, sont très-propres à
conjurer les morts ; car ils le sont
pour moi, les chers êtres que j'ai
laissés à Manheim, et avec lesquels
je ne puis plus communiquer que
comme d'un autre monde.

Pauvre Dornek ! comme ma dis-
parition doit t'avoir surpris, effrayé,
affligé ! et ma lettre, si elle lui avait
déplu ! je ne le crois pas. Madame
Muller pourrait m'en instruire, mais

elle n'en fera rien. Frédérique le pourrait si on le lui permettait; cependant elle n'aura probablement pas été présente lorsqu'on la lui a remise. Cette bonne Frédérique! jamais je ne perdrai le souvenir de la dernière nuit que nous passâmes ensemble. Elle vint se coucher auprès de moi, nous nous endormîmes nos mains l'une dans l'autre, et à notre réveil elles étaient encore unies. Avant de quitter notre chère petite chambre, je jetai encore un regard de bénédiction sur ces murs revêtus de la couleur de l'espérance; et au bout d'une heure qui s'écoula comme un instant, je m'appuyai sur son bras fraternel, et gagnai en chancelant la voiture. O séparation! mais pourquoi toucher la plaie encore saignante? sois heureuse, âme si belle et si bonne!

Madame Muller laissa couler mes larmes; ah! elle savait bien que toutes mes larmes n'étaient pas pour Frédérique. Enfin elle saisit ma main, et me dit : « Ce n'est que maintenant, dans ce moment dou - loureux que je me permets de vous demander des détails sur l'histoire de la mère dont la mémoire vous est si chère. » Effectivement, elle n'avait point encore touché cette corde, quoique l'occasion s'en fût souvent présentée. Je me remis, et lui dis tout ce que je savais de cette mère infortunée. Je m'étendis surtout, et avec complaisance, sur les innom- brables sacrifices qu'elle s'imposa pour laisser, par l'éducation, à l'en- fant de son cœur un héritage qu'au- cun testament, aucun malheureux coup de dez ne pourrait lui ravir. Je lui dissimulai, autant que je le pou-

vais, qu'elle n'avait pas été aussi heureuse qu'elle avait espéré l'être, et
que le chagrin que lui causaient la
froideur et l'humeur chagrine de
l'homme auquel elle tenait de toutes
le facultés de son âme, l'avait enlevée
à peine à la moitié de sa carrière.
Madame Muller ne répandit aucune
larme, pas même lorsque je lui tra-
çai le tableau de son dernier et héroïque adieu. L'admiration et le
respect surpassèrent son attendrissement.

Après un imposant silence, elle
me dit : « Il est juste, chère enfant,
que je réponde à votre confiance ;
d'autant plus que l'histoire de mon
sort peut fortifier en vous votre confiance dans les décrets de l'Éternel.
Alors elle me raconta l'histoire circonstanciée de sa vie. Non-seulement
son éducation, ce que je savais déjà,

mais aussi son heureux mariage et
son bien-être actuel, furent l'ouvrage
de madame de Hellborn, de la mère
de ma future maîtresse, qui, en avançant une très forte somme à feu son
époux, l'avait mis en état d'étendre
considérablement son commerce.
« Mon Élise ressemble à sa mère,
ajouta-t-elle en finissant ; vous trou-
verez en elle plus que vous n'attendez. Je suis bien fâchée de ce que
les circonstances ne me permettent
pas de vous accompagner jusqu'à
Waldingue, où je n'ai pas été depuis
douze ans ; mais je ne puis pas laisser ma fille seule à la maison. Avant
que le colonel eût quitté le service,
il venait quelquefois ici avec son
épouse ; aujourd'hui la faiblesse de
son âge le retient chez lui, et l'excellente femme ne le quitte jamais.
Il était le compagnon d'armes de son

père; elle était dans toute la fleur de son âge lorsqu'il sollicita sa main. Elle n'avait pas beaucoup de goût pour ce mariage; mais heureusement son cœur était libre, et par la suite l'amitié prit la place de l'amour.

» Le colonel l'estime autant qu'elle mérite de l'être; il possède toutes les vertus des anciens chevaliers, et aussi quelques-uns de leurs défauts; il estime ses ancêtres par-dessus tout, et son idole, c'est l'honneur. Aussi préférerait-il enterrer son fils unique, que de le marier à une personne à la filiation de laquelle on pourrait faire la moindre objection. »

La narration de madame Muller nous conduisit jusqu'aux portes de Heidelberg. Sa belle-sœur nous reçut fort bien; cependant je ne me trouvais pas à mon aise auprès d'elle. Cette bonne femme crut que la po-

litesse exigeait de m'entretenir constamment, tandis que j'aurais voulu
me cacher dans un coin pour y pleurer en silence.

On s'était déjà levé de table, et la
voiture qui devait me conduire plus
loin n'était pas encore arrivée. Je
commençais à craindre d'être obligée
de rester seule dans cette maison ; et
ma seconde mère, qui s'aperçut de
ma crainte, chercha inutilement à la
dissiper, lorsque M. Ehrard se présenta accompagné de sa jeune
épouse. Il remit ses lettres de créan-
ce à madame Muller, qui me présenta à cet excellent couple, dont je
reçus des témoignages de la plus
franche amitié. Je fis tous mes efforts
pour paraître satisfaite. On s'assit, et
il s'établit une conversation indifférente, pendant laquelle madame
Muller sortit sans rien dire pour

6   16

faire appeler son cocher. Le bruit de sa voiture retentit dans mon âme comme un coup de foudre. Madame Muller se leva sur-le-champ pour me serrer dans ses bras : « Point d'adieux, chère enfant, me dit-elle, nous ne nous séparons pas. » Elle m'échappa, prit, par un signe de tête, congé de la société, et se précipita dans la voiture. Je restai long-temps assise dans un coin, silencieuse et tenant mon mouchoir sur mes yeux. De temps en temps on jeta sur moi un regard amical, mais sans me parler, car on ménagea ma douleur. Enfin je voulus essayer si j'avais encore besoin de ce ménagement ; j'allai me placer à côté de madame Ehrard, et lui dis, en saisissant sa main : « Pardonnez-moi, chère dame ; mais celle qui vient de me quitter fut ma seconde mère. —

Vous la retrouverez à Waldingue,
Mademoiselle, répondit son jeune
mari. » Il n'eût pu m'offrir une consolation plus efficace.

Je suivis mes compagnons à l'auberge. C'est là que je me trouvai de
nouveau étrangère et abandonnée.
Je combattis inutilement la tristesse
qui me reprit. M. Ehrard trouva un
palliatif qui lui réussit assez bien.
« Que serait-ce, dit-il, si nous allions
coucher à Bruchsal, au lieu de passer la nuit ici ? nous arriverions demain de meilleure heure à notre des-
tination. Il ne se fait pas encore tard,
les chemins sont bons, et nous y
arriverons assez tôt. » Je souscrivis
avec plaisir à cette proposition.

Nous partîmes. L'aspect de la charmante contrée, la majesté du soleil
couchant qui parait d'or et de pourpre la robe resplandissante de l'Hiver,

élevèrent et fortifièrent mon âme. Une nuit solennelle, éclairée par la lune dans tout son éclat, varia cette scène sans rien lui ôter de son imposante beauté. Notre voiture glissa rapidement sur le tapis argenté, et nous arrivâmes à Bruchsal à l'heure du souper.

Le lendemain matin* nous continuâmes notre route ; j'étais assez tranquille. Plus familiarisée avec mes compagnons de voyage, j'étais un peu remise des agitations de la veille. La complaisante madame Ehrard trouva du plaisir à m'instruire de la façon de vivre de nos maîtres, ainsi que de mes occupations futures. Tout ce qu'elle me disait confirmait les relations de madame Muller, et semblait me promettre une perspective agréable. O Espérance ! dernière amie des infortunés, que seraient-

ils sans toi ? Appuyée sur ton ancre,
j'attendrai la décision de mon sort :
ma seconde mère ne m'a-t-elle pas
dit qu'il était entre bonnes mains ?

———

LINA A MADAME MULLER.

Waldingue, ce 9 février.

Dans ma nouvelle patrie, ma première heure de loisir doit être con-
sacrée à ma mère adoptive. Mon
cœur est trop plein pour pouvoir vous
écrire une lettre suivie. Avant-hier,
vers le soir, je suis arrivée ici accompagnée de mon intéressante société.

L'extrait ci-joint de mon journal
contient la relation de mon voyage,
depuis le moment où vous a quittée
votre Lina affligée.

Je me présentai tremblante à ma maîtresse qui nous reçut dans l'anti-chambre. Je la vis, et je cessai de trembler. O ma bonne mère! votre Elisa est un ange de bonté et de consolation. Quoique M. et mada-me Ehrard m'eussent préparée en route à la plus aimable réception, celle qui m'attendait m'a encore surprise.

Je suis heureuse, ma mère, aussi heureuse que peut l'être une infor-tunée. Que cela vous suffise pour aujourd'hui. Après-demain j'écrirai plus en détail à ma Frédérique. Elle doit être l'intermédiaire de mes com-munications avec vous. J'épancherai mon cœur dans le sein de celle que je regarde comme une sœur. Em-brassez pour moi cette chère fille, et qu'elle vous embrasse en mon nom. Elle seule éprouve pour

vous ce qu'éprouve celle qui est
pour la vie,

Votre reconnaissante LINA.

———————

LINA A FRÉDÉRIQUE MULLER.

Waldingue, ce 11 février

Notre mère, chère Frédérique,
t'a rendu compte de la première journée de mon voyage, et tu auras aussi
appris par ma lettre d'avant-hier mon
arrivée dans ce coin fortuné de la
terre. Si je n'écrivais pas à ma Frédérique, à ma sœur, je lui dirais que
mon âme s'était occupée d'elle tout
le long de la route, et je lui réitéres
rais, avant tout, le vœu de mon éternelle amitié. Mais je n'ai pas beoin

de t'assurer tout cela, et je suis heureuse de n'en avoir pas besoin.

Maintenant, je suis entièrement installée ici. Il est vrai que la petite chambre que j'habite n'est pas aussi agréable, aussi riante que la tienne. Je l'ornerai peu-à-peu de quelques tableaux de fleurs lorsque je trouverai le temps de me livrer aux essais de mon pinceau. J'avais oublié, en partant, de vous prier, ta mère et toi, de me donner vos silhouettes; elles feraient le plus bel ornement de ma cellule, et celui que je préférerais à tous les autres.

Tout ce qui m'entoure porte le cachet de l'ordre et d'une activité sans trouble. Cette simple machine paraît se mouvoir toute seule; mais il n'est pas difficile de découvrir la main qui dirige le tout sans effort et comme en jouant.

Je ne te répète pas tout ce que j'ai dit à notre mère sur le compte de la maîtresse de la maison, de cette femme, l'unique de son sexe, ni la manière dont j'ai été reçue par elle. Je dois cependant ajouter que sa physionomie, cette physionomie si douce, si spirituelle, me paraît si peu étrangère, que je ne puis me défendre de l'idée de l'avoir déjà vue quelque part. Je ne saurais dire où; je suppose que c'est à Heilbronn, et cependant je ne saurais me rappeler aucune circonstance qui ait accompagné cette apparition. En un mot, son image repose confusément dans un des replis de mon âme, et cette conviction ne contribue pas peu à ne me pas croire étrangère dans cette maison.

Le colonel a un air sévère que son ton n'adoucit pas. Néanmoins sous

6.

cette dure écorce bat un cœur plein
de noblesse et de chaleur. J'en ai fait
l'épreuve aujourd'hui.

Depuis mon arrivée, je mangeais
dans la chambre d'office avec la
femme de charge et le vieux valet
de chambre, et je dois t'avouer, mon
amie, que cette société ne m'était
guère agréable. Chaque fois qu'on
sonnait le dîner, le cœur me battait,
et j'avais beau vouloir m'en défendre, à ce moment-là, mais seulement
à ce moment, je sentais malgré moi
que je n'étais pas à ma place.

Hier je lus au colonel les gazettes
allemandes; il me parut content de
ce premier début. Il y en avait aussi
une française; je lui demandai si je
ne devais pas la lui lire aussi? Je le
veux bien, dit-il, et vais voir comment vous vous en retirerez. C'était
la gazette de Leyde, qui contenait

précisément un discours beau et éner-
gique du parlement d'Angleterre. Je
la lus aussi bien qu'il me fut possible.
« Bravo ! bravissimo ! s'écria-t-il lorsque j'eus fini ; où avez-vous donc
appris cela ? — De ma mère, qui avait
été élevée dans une pension française
à Hanau. — Ah, ah ! maintenant je
ne m'en étonne plus ; vous avez un
très-bon accent. »

Sur ces entrefaites, son épouse
entra. « Notre bonne Muller nous a
bien servis, Elisé ; il faut l'en remer-
cier aussi en mon nom. La petite lit
très-couramment ; et comme tu n'aimes pas absolument à me lire la gazette française, elle pourra à l'avenir
te remplacer. — Je désirerais bien,
répondis-je alors, pouvoir débarras-
ser Madame d'autres soins encore.
Ma plus grande ambition est d'être
utile à ma généreuse protectrice. —

Je vous protégerais, moi, envers et contre toute la terre, s'écria-t-il, s'il était nécessaire, et si vous vous comportez bien, nous ferons encore davantage pour vous. Ne m'en voulez pas ; mais c'est très mal à votre père d'avoir ainsi abandonné son enfant. » Ici il m'échappa un profond soupir. Elise me regarda avec amitié. Elle vit les larmes qui s'échappaient de mes yeux. « Mille tonnerres ! qu'est-ce qu'un officier qui plante là son enfant ? ou peut-être est-il simplement un lieutenant-recruteur ? — Monseigneur, il était capitaine au service de **. — Diable ! il est certain, au moins, qu'il n'était pas gentilhomme ; s'il l'était, et que vous fussiez ma parente, je prendrais la poste pour l'atteindre et lui faire mettre le pistolet à la main. Ecoute, ma femme, quoique son père fût un........

je ne veux pas prononcer le mot devant cette pauvre fille ; il a pourtant porté le hausse-col et l'écharpe. Nous devons traiter avec distinction la fille d'un capitaine, et cela surtout devant nos gens. Lorsque nous n'aurons pas d'étrangers , elle pourra manger avec nous; qu'en penses-tu ? — Très - volontiers , répondit Elise ; tu sais bien , mon ami , que je ne méconnais jamais les droits des infortunés.» Je voulus baiser la main du noble vieillard; il saisit la mienne et la secoua. « Pas ainsi, petite; cela ne convient pas à la fille d'un capitaine. » Je saisis la main de son épouse, et ne lui donnai pas le temps de la retirer. Un torrent de larmes accompagna mon baiser. « Laissez-les parler pour moi, lui dis-je en sanglotant. — S'il est en mon pouvoir, reprit-elle , je les sécherai toutes. » O ma chère Frédérique ! que pourrais-je te dire de plus ? Je vois d'ici l'attendrissement que ta mère et toi vous éprouvez en lisant le récit de cette noble scène.

Dès le dîner je pris possession de ce nouvel honneur ; j'offris à Elise de la remplacer pour servir à table. Elle y consentit avec plaisir , et je crois que je m'en suis assez bien acquittée, car elle me sourit à plusieurs reprises. Mon esprit était tranquille, mon cœur était content , et je me trouvais extrêmement bien dans la société de cet excellent couple. Après le dîner, je servis au colonel sa tasse de café. Il me regarda avec amitié : « Ecoute , mon enfant, me dit-il, et en te parlant ainsi , je n'oublie point que tu es la fille d'un officier , mais *vous* me semble trop étranger; tu me plais ; je te tutoierai donc à l'avenir, d'autant mieux que je pourrais être ton grand-père. —Vous, et madame votre épouse, répondis-je profondément émue, me donnerez, en employant ce cher *toi*, une nouvelle preuve de votre grâcieuse bonté. Oh! veuillez croire que je regarderai comme le plus saint des devoirs de tâcher de me rendre digne de vous. — Tu es une bonne enfant, je le vois bien, répondit-il ; je pense que nous deviendrons bons amis. »

Alors je priai Elise de me donner de l'ouvrage, et lui remis le fichu que j'avais apporté pour elle, et que j'avais totalement oublié. Elle en fut très-contente. « Je ne te donne rien en retour, me dit-elle, cela aurait l'air de vouloir payer ton cadeau. » La fille de chambre eut ordre de chercher le métier à broder, sur lequel était monté un ouvrage com-

mencé par madame Ehrard.. « Wilhelmine s'était proposé de l'achever, dit Elise en prenant son tricot;
mais je vois que je pourrai la dispenser de ce soin. » Nous travaillâmes
pendant que le colonel faisait sa petite sieste au coin de la cheminée.
Nous parlâmes peu et bien bas, et à
son réveil il prit part à notre conversation.

Vers le soir il me fallut lui lire
dans le voyage en Afrique de Levail-
lant. Je lus bien, parce que je compris ce que je lisais, et que le livre
m'amusait beaucoup. Au bout d'une
heure il m'ordonna de me reposer,
et se leva de son fauteuil pour aller
se charger une pipe de tabac.

«Voulez-vous permettre, monseigneur, que je me charge de ce soin?
lui dis-je avec un courage que sa
bonté seule pouvait m'inspirer. J'ai

chargé plus d'une pipe à mon père.
— Toi ? — Quelquefois je l'ai aussi
allumée. — Hé ! petite, il paraît que
tu montes à toute selle. Voyons
donc. » Je chargeai la pipe, je l'allu-
mai et la lui remis. Elise se mit à rire,
et le colonel m'assura que je m'en
étais fort bien acquittée.

Je repris mon livre ; mais au bout
d'une demi-heure il me le fit quitter,
parce que, dit-il, il ne voulait pas que
je devinsse pulmonique à force de
lire. Tu vois, chère Frédérique, que
dans trois jours j'ai fait plus de progrès dans les bonnes grâces de ce
noble couple que je n'eusse pu l'espérer au bout de trois mois. Ce n'est
pas là mon ouvrage ; c'est une main
d'en haut qui m'a ouvert leurs cœurs.

Demain matin le piqueur ira à la
poste voisine chercher les gazettes
et la correspondance. Il y va deux à

trois fois la semaine; je le chargerai de ma lettre. J'espère que la pro-
chaine fois il m'en rapportera une
petite de toi. Comme je guetterai son
retour!

Adieu, ma sœur; je t'embrasse, toi
et notre chère mère, du fond de mon
cœur.

———

Mme MULLER A LINA.

Manheim, le 15 février.

Je vous remercie, ma Lina, pour
votre chère petite lettre. Avant
qu'elle ne partît vous connaissiez déjà ma réponse. Vous avez lu dans
mon cœur, car vous m'avez nommée
votre seconde mère. Le souvenir de
votre première mère ne saurait vous
être plus cher que l'est pour moi ce

titre, que je ne crains pas de perdre
jamais ni par ma faute ni par la vôtre, quoique vous m'ayez déjà donné une puissante rivale.

Votre charmante lettre à Frédérique nous a transportées dans toute
l'acception du mot. Que je suis aise,
que je suis fière de voir que ma pro-
phétie s'accomplit si exactement, et
en même temps si promptement. Il
est vrai qu'il n'était pas difficile de
prévoir que mon Elise, ainsi que son
noble époux, ne seraient pas long-
temps à rendre justice à votre mérite.

Vous serez impatiente de savoir ce
qui s'est passé après mon retour. Je
crus d'abord qu'il était de la pruden-
ce de descendre de voiture à quelque
distance de chez moi. Cette précau-
tion fut cependant superflue ; M. de
Dornek ne vint me voir que dans la
soirée du lendemain, un rhume très-

violent l'ayant forcé de garder pendant plusieurs jours la chambre. Il
demanda de vos nouvelles. « Elle est
partie, » lui dis-je en lui remettant
votre billet. Il me fixa entre les deux
yeux, et rompit le cachet d'une main
tremblante. Après l'avoir lu il le
pressa long-temps sur ses lèvres, et
se jeta dans un fauteuil sans proférer
un seul mot. Enfin il s'écria d'un
ton résolu : « Je la retrouverai. —
Oui, lui dis-je, vous la retrouverez
aussitôt que vous pourrez lui avouer
publiquement votre amour, et qu'elle
pourra y répondre aux yeux du
monde. Je vous le promets; je lui
tendis la main et pressai la sienne.
Il poussa un profond soupir, puis il
dit après un long silence : « Vous
méritez toute ma confiance, Madame, et vous la possédez. Permettez-
moi de vous écrire de Strasbourg.

— Avec plaisir, lui répondis-je; car
si je possède votre confiance, je n'ai
pu vous refuser la mienne. — Je venais, continua-t-il, pour lui faire
mes adieux; il faut que je retourne
demain à ma garnison. Vous voudrez pourtant me promettre d'assurer la jeune héroïne de ma tendre
vénération? » Je le lui promis, et cet
estimable jeune homme me quitta
aussi satisfait qu'il pouvait l'être en
ce moment.

Il faut, ma chère Lina, que ma
confiance dans vos principes soit
aussi illimitée qu'elle l'est réellement,
pour me permettre de vous donner
une relation aussi circonstanciée de
cette scène. N'espérez pas, ne désespérez pas, et remettez votre sort à
la toute-puissante Providence.

Au reste, il en sera ainsi que j'en
suis convenue avec vous. Vous serez

instruite de tout ce qui peut vous intéresser. Adieu, ma chère fille; je
vous embrasse comme je vous aime.

———

FRÉDÉRIQUE A LINA.

Manheim, le 15 février.

Ma bonne Lina, me voilà assise
depuis un quart-d'heure à cette chère
petite table sur laquelle tu écrivais
ton journal, et il semble que j'aie
oublié ma langue. Il est vrai que ma
plume n'est pas aussi exercée que la
tienne, mais je sais fort bien tout ce
que je voudrais te dire, et cependant
les expressions me manquent. D'où
cela vient-il?

O ma sœur! quel vide tu as laissé
chez nous! je te cherche sans cesse

et partout, et ne te trouve plus que
dans mon cœur. Tous les lieux de
notre maison sont pour moi des déserts, et surtout notre petite chambre, où ma Lina épanchait son cœur
dans le mien. Lorsque je suis à moitié endormie, ou plutôt à moitié réveillée, il m'arrive souvent de te
parler encore ; je te dis à demi-voix :
Es-tu réveillée, Lina ? Lina ne répond
pas, je me relève en sursaut, et je
soupire.

C'est ainsi qu'assise dans notre ar-
rière-boutique, je rêvais à toi, la
tête appuyée sur mon bras, lorsque
ma mère revint de Heilbronn. Il faisait déjà sombre, et je l'entendis entrer. Est-ce toi, Lina ? demandai-je ;
et cette bonne mère me serra dans
ses bras. Ce baiser vient de ta Lina,
me dit - elle, et nous pleurâmes
ensemble. Pendant toute la soirée

il fallut qu'elle me parlât de toi.

Le lendemain, ce bon M. de Dornek vint chez nous pour te faire une visite; mais ma mère te racontera cela elle-même. Je quittai l'appartement lorsqu'elle lui remit ton billet. Quand même cela eût été convenable, je n'aurais toujours pas pu rester, il me faisait trop pitié. Je sais tout ce qu'il en coûte de perdre une Lina; perdre! jamais; notre pacte durera éternellement; il est éternel comme nos âmes; ton cœur, que j'ai retrouvé tout entier dans ta lettre, m'en est garant. Ah! cette lettre ne quitte mon sein que pour recevoir mes baisers; et je prends bien garde que ces baisers n'en effacent un seul mot.

Que j'aime maintenant cette madame de Sonnenstein à cause de toi! Au printemps prochain je lui écrirai pour lui demander la permission de t'aller voir pendant quelques jours. Notre mère y a déjà consenti, et Elise ne s'y refusera pas non plus, car elle est si bonne! J'espère que tu lui auras dit que nous étions sœurs? Hélas! il y a encore loin, bien loin d'ici au printemps.

Je ne puis écrire davantage, car je commence à sentir que nous sommes séparées. Adieu, ma chère, et aime ta fidèle

Frédérique.

P. S. Voici les silhouettes; mais comme cela est muet, comme cela est mort! Pourquoi ne puis-je leur donner le don de la parole? Si tu peux m'envoyer la tienne, n'y manque pas, chère amie, j'en ferai faire un médaillon.

6.   18

Extrait du journal de Lina.

Dieu! que de gens de bien ornent encore cette terre profanée! Quel aspect céleste n'offrirait pas ton église invisible si elle devenait tout-à-coup visible! Quelle excellente femme que Molly! et sa fille! quels êtres innocens et purs! et Elise, mon ange tutélaire! et son vénérable époux! un vrai patriarche cuirassé!

Lorsque le piqueur lui remit aujourd'hui les gazettes et les lettres, il trouva celle de ma mère adoptive. Il lut l'adresse : *A mademoiselle Roland.* « Petite! me dit-il en me remettant ma lettre, tu portes un beau nom; c'est le nom d'un grand

héros; c'est dommage, bien dommage.... — Qu'il soit devenu fou,
dis-je d'un petit air un peu malin.
— Fou? je crois que tu extravagues;
qui t'a fait ce conte? — Mais l'A-
rioste n'a-t-il pas fait un poëme sous
le titre de *Roland le Furieux*. Que
diable! crois-tu que je voulais parler
de cet autre fou amoureux? J'ai aussi
une fois parcouru ce livre insipide, et
me suis indigné de ce que ce Mauvil-
lon, qui cependant se disait officier,
ait pu traduire ces balivernes en allemand. Mon Roland, par Dieu! était
bien un autre héros. Ecoute-moi:
Pendant la guerre de sept ans, j'é-
tais établi avec trois cents hommes
dans une redoute; un major autri-
chien m'y attaqua avec des forces
bien supérieures; je m'y défen-
dis en brave; mais à la fin il fallut
céder au nombre. Un de mes grena-

diers tira une balle dans le corps du major au moment où je lui remettais mon épée. Ses gens voulurent me massacrer; le généreux vainqueur se jeta sur moi en chancelant, me servit de bouclier, et reçut la mort dans mes bras. »

A ces mots, je tombai sur ma chaise en chancelant et en jetant un cris perçant. « Qu'as-tu, petite? s'écria-t-il, tu m'effraies. — Ah! monseigneur, votre histoire!.... Je sanglotai. — Oh! oui, il mérite qu'on pleure sur lui. Moi aussi je pleurai en serrant sur mon cœur ce héros expirant. Il est beau à toi, bonne petite, de pleurer sur mon Roland; je t'en aime mieux pour cela. »

Ah! combien m'aimerait-il donc, s'il savait que le héros qu'il avait pressé sur son cœur fut mon grand-père! J'avais tort, peut-être, de ne pas m'être nommée dans ce moment solennel; mais j'étais tellement surprise, tellement saisie, qu'il me fallut encore quelque temps pour me remettre. Cela n'eut lieu que lorsque le vénérable vieillard m'eut pris par la main en me disant d'un ton très-ému : « Pauvre enfant! pourvu que l'effroi qui vient de te saisir ne te cause aucun mal. Va respirer en plein air; en attendant je lirai mes lettres. » Il ne savait pas combien j'avais besoin d'aller rassembler mes esprits.

Je gagnai lentement ma chambre et m'assis à la croisée pour laisser calmer mes nerfs et sécher mes larmes. Mon grand-père le sauveur de ses jours! Il faut que j'en instruise encore aujourd'hui ma seconde mère; que cela lui fera de bien, ainsi qu'à ma chère Frida! Alors je me souvins de la lettre qui avait occasioné cette scène. Je l'ouvris. Ah! pourquoi le premier mot que j'y cherchai était-il le nom de Dornek? Je l'y trouvai, et mon cœur se brisa pour la seconde fois.

Je la retrouverai! a dit le noble jeune homme : il ne sait pas qu'elle est si près de lui, et combien elle aimerait à se laisser trouver si la voix du devoir ne lui recommandait pas de rester derrière le rideau! Osera-t-elle jamais se montrer? La voix du devoir s'accordera-t-elle un jour avec celle du cœur? N'espérez pas, ne désespérez point, disait la sage, l'excellente Muller; ah! qu'il est difficile de ne pas désespérer, lorsqu'on n'ose concevoir aucun espoir!

DORNEK A SON PÈRE.

Strasbourg, le 16 février.

Une fièvre catharale m'a empêché, mon cher père, de répondre à la lettre que ma bonne mère m'a écrite en votre nom le 9 du courant. J'avais défendu à mon cousin de vous en instruire, parce que j'aimais mieux paraître négligent envers mes parens, que de leur causer la plus légère inquiétude.

Si vous persistez, mon cher père, à me faire entreprendre ce voyage, je serai forcé de vous prier de vous charger vous-même du soin d'obtenir mon congé du colonel. Cependant, avant de continuer, il faut que je vous instruise d'un événement que je ne dois plus vous laisser ignorer plus

long-temps, et que je ne vous ai caché d'abord que pour vous épargner
du chagrin.

Vers la fin de l'année dernière je
me pris de querelle au café avec un
jeune lieutenant de dragons. Il y
avait ici une troupe de comédiens
allemands dont j'étais loin de con-
tester la médiocrité. Aussi, tant que
mon jeune fat ne fit que se moquer
des comédiens, je le laissai dire; en-
hardi sans doute par mon silence, il
voulut étendre ses railleries sur toute
notre nation, je l'arrêtai; il voulut
continuer; un propos en amena un
autre; nous nous battîmes; j'eus le
bonheur ou le malheur de blesser
dangereusement mon adversaire. Il
tient à une famille puissante; l'af-
faire fit du bruit, et je me vis forcé
de me tenir éloigné pendant quelques semaines.

Maintenant tout est fini, il est vrai : le patient est rétabli, et mes camarades sont satisfaits de ma conduite ; mais le colonel est encore indisposé contre moi, et me refuserait à coup sûr un congé.

Toutefois, mon cher père, si vous croyez toujours que mon bonheur dépende de ce voyage, permettez-moi de vous répéter que vous vous trompez. Je suis plus convaincu que jamais de ne pouvoir aimer mademoiselle de Palmfeld. Mon cœur se révolte contre cette union, et l'honneur me défend d'offrir ma main sans y joindre le don de mon cœur, et plus encore, de feindre des sentimens que je suis loin d'éprouver.

Il n'existe dans le monde qu'une seule personne qui puisse me rendre heureux. Elle est de noble extraction ; et quand elle ne serait qu'une

6.

bergère, elle mériterait d'être élevée sur un trône. Elle n'est pas riche d'or, mais elle est riche de vertus, et à mes yeux elle est la plus belle de son sexe. Si vous la connaissiez, mes chers parens, vous confirmeriez la vérité du portrait que j'en trace, et vous estimeriez votre Charles bien heureux d'avoir trouvé ce trésor.

O mes chers parens! permettez-moi de vous conjurer à genoux de ne pas me rendre le plus misérable des hommes, si vous ne voulez pas consentir à ce je que devienne heureux. Je viens d'épancher mon cœur dans votre sein, et j'attends maintenant mon sort. Parlez ; c'est de vous que je saurai si je dois bénir mon existence ou la maudire. Je suis avec la plus respectueuse tendresse,

Votre

Charles.

RÉPONSE DU PÈRE.

Eh, eh! monsieur mon fils, depuis quand sommes - nous devenus
camarades? Avec quel ton imperti-
nent tu me parles! l'as-tu appris en
France? Combien je regrette maintenant de ne pas t'avoir gardé sous
mon commandement depuis ton retour de tes voyages! Je t'enseignerai
bientôt les devoirs de la subordina-
tion. En attendant, tu as repoussé
toi-même ton bonheur. Mademoiselle de Palmfeld est fiancée, et tu
peux rester où tu es; je ne veux pas
que tu paraisses devant mes yeux!

Ne crois pas pour cela, monsieur
le chevalier de la triste figure, que
j'aie l'intention de favoriser ton amour
pour ta dulcinée. Elle doit aimer

l'incognito, puisqu'elle ne te permet pas de la nommer. Au reste, je ne me soucie pas de savoir son nom, et je ne veux plus en entendre parler. Elle est apparemment un aussi précieux sujet que toi, puisqu'elle a pu t'engager à la rébellion contre tes parens. Ou bien l'aurais-tu séduite? et peut - être même..... ah! si je devais apprendre une telle abomination! mais non, je ne veux pas t'en croire capable. Quand même cela serait, je ne te permettrais toujours pas de l'épouser. Il n'y a qu'un nigaud de père qui puisse se laisser faire beau - père par une pareille route. Il faut, dans tous les cas, que tu rompes avec elle; aucune puissance ne saurait l'empêcher, ou bien je te ferai quitter le régiment; ton colonel est mon ami, il ne pourra, il ne devra pas me refuser ton congé.

Encore un coup, mon petit monsieur, ne me fais pas de farces, et
conduis-toi à l'avenir de manière à
me faire oublier ta sottise, ou bien
je ne serai plus

TON PÈRE.

A propos : tu as bien fait de te
battre avec ce freluquet. Il n'y a
qu'un lâche qui puisse laisser insul-
ter impunément sa nation ; cependant, à la place de ton colonel, je
t'aurais toujours claquemuré pour
trois mois.

LINA A FRÉDÉRIQUE.

Waldingue, ce 20 février.

Ah! oui, ma chère Frida, notre
pacte est un pacte éternel. Aussi je
ne te dirai plus que je t'aime, que je
t'aime comme mon unique sœur, et
que je ne cesserai jamais de t'aimer;
et c'est justement parce que je sais
combien ton cœur participe à tout ce
qui me touche, que je te rendrai
compte de tout ce qui peut complé-
ter le tableau de ma position ac-
tuelle.

Hier Elise m'envoya chercher un
livre à la bibliothèque. J'y vis dans
un coin une harpe, et à mon retour
je lui demandai si elle jouait de cet
instrument. Autrefois, me répondit-

elle ; mais depuis plusieurs années je n'y ai pas touché une corde. — Est-ce que tu en jouerais ? — Un peu, Madame, mais seulement autant qu'il en faut pour accompagner un chant simple et facile. — Tu vois, ma bonne, que déjà mon bonheur m'a inspiré un peu de vanité. — Tu chantes donc ? — Oh, Madame, m'écriai-je en rougissant, quoique un peu tard, je ne chante pas assez bien pour me faire entendre de vous. C'est ma mère qui m'a apprise, et vous ne devineriez sûrement pas quel a été mon premier coup d'essai ; c'était un chant guerrier de Gleim, pour causer une agréable surprise à mon père, qui était grand amateur des chansons de ce genre. — Mon époux les sait toutes par cœur, et une pareille surprise lui serait à coup sûr bien agréable. — Je ferai

toùt ce qui me sera possible, lui répondis-je; et j'emportai la harpe
dans ma chambre pour la mettre se-
crètement en état.

Afin d'égayer le colonel, qui depuis quelques jours était d'une humeur un peu morose, son épouse
avait fait inviter à dîner le pasteur
avec son vicaire, ainsi que le bailli
et sa jeune femme. Tu connais déjà
cet intéressant couple par ce que je
t'en ai dit dans ma dernière lettre.
Le pasteur est un vieillard respectable, ami du colonel et son conseil-
ler intime; son neveu, le vicaire,
est un homme instruit et alerte, d'une
trentaine d'années; il avait accompagné le jeune seigneur dans ses
voyages, et en récompense on le
nomma adjoint de la cure. Comme,
depuis mon arrivée, ces deux messieurs n'avaient pas encore dîné au

château, Elise me présenta à eux
comme sa demoiselle de compagnie
et la lectrice de son époux. Ce dernier l'interrompit sur-le-champ :
« Voyez, cher pasteur, cette petite
sorcière vous lit la gazette de Leyde
aussi couramment que vous lisez
l'Evangile; outre cela, elle sait charger une pipe aussi bien que le plus
déterminé fumeur. » La seconde
partie de ce panégyrique fit sourire
la société, et me fit rougir jusqu'au
blanc des yeux. Elise s'en aperçut :
« Oh, mon ami, dit-elle, elle possède bien encore d'autres talens ! —
Diable ! est-ce qu'elle monte à cheval, ou tire-t-elle à la cible? — T'y
voilà, s'écria-t-elle en riant. — Bravo ! si j'avais une fille, il lui faudrait
également apprendre à tirer et à
monter à cheval. Ecoute, petite; je
ne me mêle plus de tirer, car mes

yeux sont flambés ; mais lorsqu'il fait beau , je fais encore ma course à cheval ; je te ferai faire un collet et une paire de culottes de peau de daim ; il faudra alors que tu trotilles à côté de moi sur le petit alezan. » J'étais sur les épines, et j'allais protester contre ma promotion aux fonctions d'écuyer, lorsqu'on sonna le dîner.

Pendant le repas, j'exerçai mon emploi accoutumé. La conversation devint générale, et pour détruire l'impression qu'avait faite sur moi la scène précédente, la bonne Elise me donna, aussi souvent que possible, l'occasion d'y prendre part. Bientôt le colonel vint à parler des insurgés des Pays-Bas, qu'il traita sévèrement, ainsi que de la guerre de sept ans , à laquelle le pasteur avait assisté en qualité d'aumônier de son régiment.

Les yeux du vieux héros commen-
cèrent à s'animer ; les rides de son
front cicatrisé disparurent, et ses
joues hâves se colorèrent de l'incar-
nat de la jeunesse.

On venait de servir le dessert, et
le vin de Hochheim pétillait dans
les verres. Elise me fit signe, et je
me levai d'un air affairé comme si
j'avais quelque chose à chercher
dans la pièce voisine, où j'avais caché la harpe. Tout-à-coup je com-
mençai à jouer le charmant air en
l'honneur du vin du Rhin, en ac-
compagnant mon jeu de ma voix.
Tout le monde garda le silence, et
lorsque j'eus fini, la salle retentit
d'un bruyant battement de mains.
« Sors, petite, cria le colonel, car
il n'y a que toi qui puisses être la
chanteuse. » Je me présentai à la
porte. « Ce n'est pas cela, mon en-

fant; apporte ta harpe, et viens te placer vis-à-vis de nous. Mais avant tout, il faut que tu goûtes mon vin du Rhin; tu viens de le chanter si bien! Tiens, petit rossignol. » Il me présenta un verre. J'avais beau m'excuser, en assurant que je ne buvais jamais de vin, il me fallut toujours accepter le verre. J'en bus quelques gouttes à sa santé et à celle d'Elise. « C'est bien cela! maintenant, joue-nous encore quelque chose. » Je jouai et chantai quelques airs de Grétry. L'on m'applaudit de nouveau; le colonel proposa un toast en mon honneur, et Elise me récompensa par un sourire amical. A la fin, j'entonnai le chant triomphal de Gleim après la bataille de Prague. Dès la première strophe, le visage du vieux guerrier devint rayonnant; à la seconde, où il est dit : *Cependant notre père n'est plus*, il ôta son bonnet; et lorsque je chantai ces paroles : *Ton Frédéric t'a pleuré*, de grosses larmes roulèrent sur ses joues.

Lorsque j'eus fini, il se leva en silence de son siége, s'approcha de moi, dégagea les cheveux de mon front, sur lequel il imprima un baiser paternel. « Je te remercie, chère petite, tu as transformé ce jour en un jour de fête; si j'avais un ordre, je t'en décorerais. Que Dieu te bénisse!» Je saisis promptement sa main, et la baisai avec une tendresse filiale.

Notre société ne nous quitta qu'à l'entrée de la nuit, non sans que j'eusse donné quelques preuves de mon talent de charger les pipes. Mon chant avait transporté le bon colonel à l'époque de son bon temps. Lorsque nous fûmes seuls, il me

combla de ses franches et sincères
caresses, et eut la malencontreuse
idée de relire, après dix années,
l'histoire de la guerre de sept ans,
écrite par le grand Frédéric. Il m'a
fallu de suite en lire le premier cha-
pitre; je m'en tirai assez bien, mais
je redoute la continuation. Il y a dans
ce livre tant de choses, tant de termes qui me sont totalement incon-
nus, que je sollicitai l'indulgence et
la patience de mon vénérable audi-
teur; il m'assura que je n'en avais
pas besoin.

Maintenant, mes sincères remercîmens, ma chère Frida, pour les
silhouettes, qui sont très-ressem-
blantes. Elles parent déjà mon petit
hôtel domestique. M. Ehrard veut
faire la mienne, que tu recevras dans
quelques jours.

En voilà assez pour aujourd'hui;

chère sœur; mes yeux se ferment malgré moi. Un baiser pour toi et notre excellente mère.

———

DORNEK A Mme MULLER.

Strasbourg, le 24 février.

Que fait Lina? Permettez-moi, Madame, de commencer notre correspondance par cette question. La maladie que j'avais apportée ici de Manheim, et le manque de bonnes nouvelles que j'eusse désiré obtenir, après mes recherches, de la belle fugitive, sont cause du silence que j'ai gardé jusqu'ici. Aujourd'hui, Madame, je puis rompre ce douloureux silence. Je puis vous dire, et vous dire avec la plus grande certitude, que le principal obstacle qui s'opposait à mon bonheur est levé. Lina n'a plus de rivale; je dis auprès de mes parens. Elle ne pouvait jamais en avoir dans mon cœur; mais celle que lui avaient donnée mes parens est fiancée. La main de la riche héritière qu'on me destinait est donnée. Ah! Madame, mandez cela à ma Lina, mandez-le lui sur-le-champ, je vous en conjure à genoux. Dites-lui : Dornek s'est rapproché d'un grand pas du but où tendaient tous ses vœux; et mandez-moi seulement en deux mots que vous le lui avez écrit.

Maintenant que le projet de mes parens s'est évanoui, je puis poursuivre le mien avec d'autant plus de vigueur. Il faut que je laisse à leur mécontentement le temps de se calmer. Alors je leur répéterai si souvent que ma vie dépend de mon union avec la seule, l'unique femme… En un mot, je réussirai, je dois réussir. Vous voyez vous-même, ma chère dame, que cela doit réussir.

Je finis comme j'ai commencé, par la question : Que fait Lina ? Je n'ajoute plus que l'assurance que je vous révère, femme estimable, comme la seconde mère de Lina.

C. DE DORNEK.

Extrait du journal de Lina.

Le 24 février.

Il espérait avoir au bout de huit jours une réponse de ses parens. Plus de deux fois huit jours se sont écou-

6.   20

lés, et je n'ai pas de ses nouvelles.
Madame Muller ne doit pas en avoir
reçues, car elle m'a promis de me
communiquer tout ce qui pourrait
m'intéresser.

Probablement ses parens ne lui
ont pas écrit. Ils voudraient peut-
être laisser s'éteindre la flamme ro-
manesque du jeune enthousiaste. Il
n'aime sa Lina que pour elle-même,
et il n'est pas permis d'aimer ainsi
parmi les nobles de la terre. Pauvre
Dornek ! tu t'es abusé toi-même, tu
n'as rien à espérer. La sympathie qui
unit vos cœurs n'unira jamais nos
destinées. Il s'est élevé entre nous un
mur de séparation, il est vrai trans-
parent comme le cristal, mais aussi
impénétrable que lui. Nous nous
verrons toujours, nous nous appelle-
rons toujours, nous ne nous réuni-
rons jamais !

LE CAPITAINE DE SAALEN A LINA.

Bruxelles, 18 février.

J'avais cru, ma chère fille, que tu
suivrais le conseil que je t'avais
donné de te rendre, après mon départ de Manheim, chez ton grand-
père. Pour cet effet je lui écrivis de
Mayence pour te recommander à sa
commisération.

En même temps je t'écrivis sous le
couvert du pasteur de Saalen, dont
l'amitié l'a constamment porté à s'intéresser vivement à moi, mais qui,
malheureusement, n'a jamais rien
pu obtenir de mon inexorable père.
Au bout de quinze jours le bon pasteur me renvoya la lettre que je t'a-
vais écrite, en ajoutant qu'on n'avait

aucune nouvelle de toi à Saalen. Il
ne me reste donc d'autre parti à prendre que d'adresser ma lettre à notre
hôtesse à Manheim, de la prier de
s'informer de toi, et de te la faire
parvenir ; car, n'ayant pas accepté le
seul asyle que je pouvais t'indiquer,
je dois supposer que tu as trouvé le
moyen de te placer à Manheim.

Connaissant la dureté de ton grand-
père, je te croirai toujours plus heureuse sous un toit étranger que sous
le sien, dès que ton honneur y est
à couvert. Cependant tes principes,
ta raison mûrie, me tranquillisent sur
ce point : tu es incapable d'accepter
des secours dont tu aurais à rougir.

Au reste, tu dois apprendre avec
plaisir que mon père a fait pour moi
par orgueil ce qu'il n'eût jamais fait,
je ne dis pas par amour paternel,
mais seulement par humanité. Aus-

sitôt que ma lettre lui eut appris mon malheur, il craignit de voir son nom publiquement compromis, et écrivit sur-le-champ au chef de mon régiment pour lui proposer le remboursement des quatre mille francs que je devais à la caisse de recrutement, s'il voulait étouffer mon procès et m'envoyer ma démission en bonne forme et dans des termes non équivoques. Cela a eu lieu, et voilà, depuis vingt ans, la première obligation que je dois à mon père. Il faut que le bon pasteur ait profité d'un moment bien favorable pour obtenir de lui qu'il s'en dessaisît; car non-seulement je tiens ce titre entre mes mains, mais j'en ai déjà fait un usage bien avantageux.

Mon projet était de demander du service à la compagnie des Indes hollandaise, et de m'éloigner ainsi de l'Europe pour long-temps, peut-être pour jamais. Maintenant je n'ai plus besoin de recourir à un moyen aussi extrême. Mon nom ainsi que mon congé m'ont procuré une place de capitaine dans l'armée des insurgés belges, qui m'assure un revenu considérable. Je dis qui m'assure, chère Caroline, car j'ai fait serment de renoncer pour toujours à ce maudit jeu, et j'ai déjà résisté à plus d'une tentation. Je n'ai d'abord eu recours à ce moyen dangereux que pour améliorer ma situation : après la mort de ta mère, il devait m'étourdir sur mon chagrin, et il m'a conduit dans l'abîme du malheur.

Cette catastrophe m'a ouvert les yeux, et mon premier regard fut pour toi, ma fille, que j'avais entraînée avec moi dans le gouffre. Pardonne-moi le chagrin que je t'ai cau-

sé ; dès aujourd'hui je serai de nouveau ton père. Des cent ducats que
je viens de recevoir pour mon équi-
pement, je t'en fais passer dix en un
mandat sur Francfort. Il ne te sera
pas difficile de le réaliser à Manheim.

Il faut que je te dise maintenant que
mon excellent pasteur m'a instruit
que le fils de ma belle-mère qui, con-
jointement avec cette méchante femme, s'est constamment attaché à at-
tiser et à nourrir la haine qu'ils
avaient su tous les deux inspirer à
mon père contre moi, est atteint d'une
consomption dont on a peu d'espoir
de le voir se relever. Il n'est donc
pas probable qu'il jouisse un jour du
patrimoine qu'il m'a enlevé, et que
je ne lui ai jamais envié qu'à cause
de toi.

Adieu, chère enfant ; réponds-moi
bientôt, et mande-moi franchement

quelle est ta position. Si tu n'as pas trouvé un asile convenable, je pourrai te placer ici comme pensionnaire dans un couvent, en attendant que je puisse m'occuper plus efficacement de ton sort. Je t'embrasse avec une tendresse toute paternelle.

FRÉDÉRIC DE SAALEN.

FIN DU SIXIÈME VOLUME.

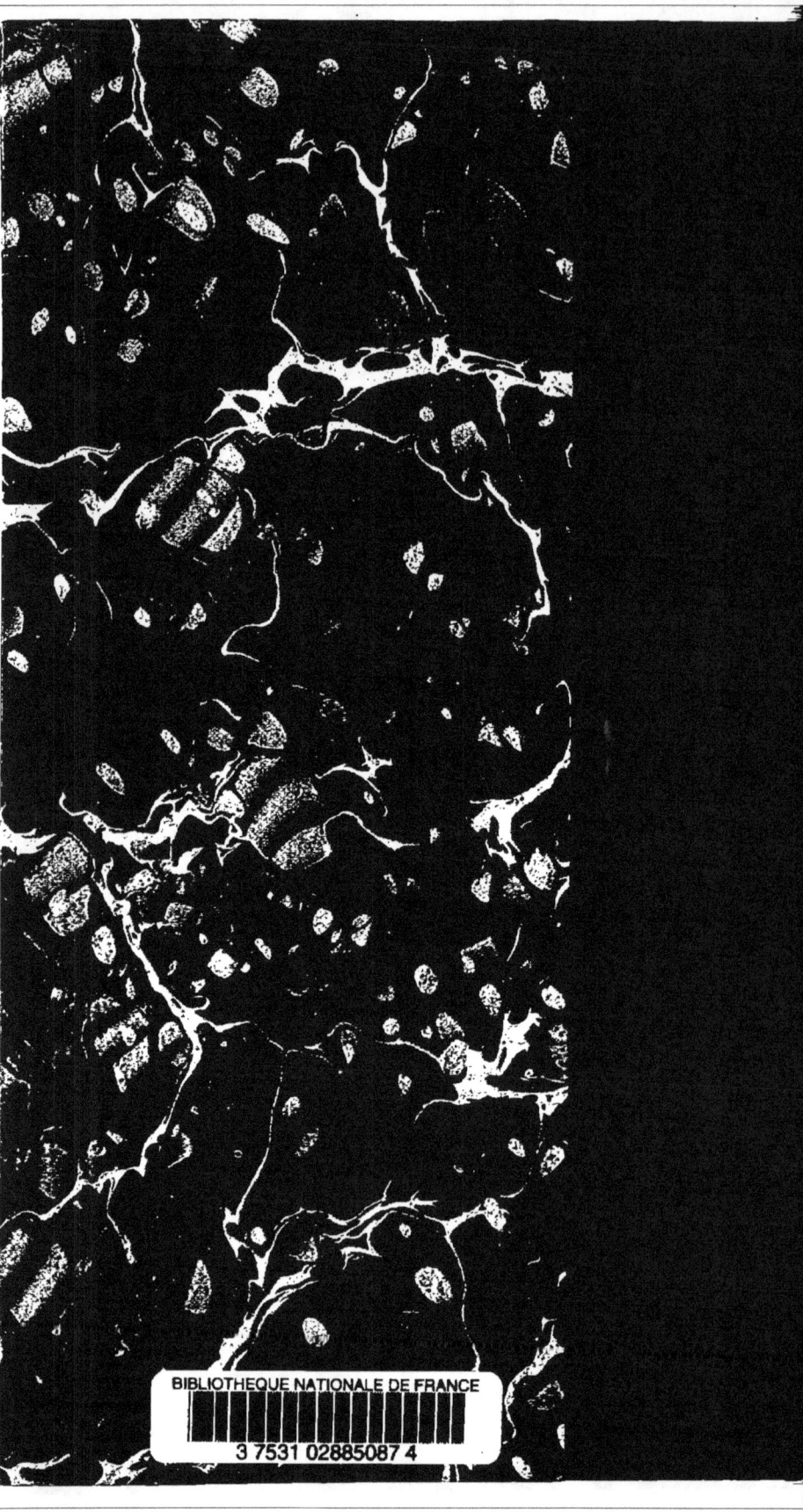

www.ingramcontent.com/pod-product-compliance
Lightning Source LLC
Chambersburg PA
CBHW070504030726
47503CB00004B/1161